कण्व की बेटी

शैलेश कुमार मिश्र

वाणी प्रकाशन

वाणी प्रकाशन
4695, 21-ए, दरियागंज, नयी दिल्ली 110 002
फ़ोन : +91 11 23273167 फ़ैक्स : +91 11 23275710
शाखाएँ
अशोक राजपथ, पटना 800 004, बिहार
कॉफ़ी हाउस कैम्पस, महात्मा गांधी मार्ग, इलाहाबाद 211 001, उत्तर प्रदेश
महात्मा गांधी अन्तरराष्ट्रीय हिन्दी विश्वविद्यालय, वर्धा 442 001, महाराष्ट्र
www.vaniprakashan.in
marketing@vaniprakashan.in
sales@vaniprakashan.in

KANVA KI BETI
by Shailesh Kumar Mishra

ISBN : 978-93-88434-35-5
Novel

प्रथम संस्करण

मूल्य : ₹ 325

एम.एस. प्रिंटर्स, दिल्ली-110 093 में मुद्रित

वाणी प्रकाशन का लोगो मक़बूल फ़िदा हुसेन की कूची से

अतीन्द्रिय और निश्छल प्रेम
को जीनेवाली
अनाघ्रात शकुन्तलाओं के नाम

1

"परन्तु भगवन्! इस ब्रह्म साक्षात्कार का फल क्या है?" उत्सुक कृशाश्व ने महर्षि कण्व से प्रश्न किया।

यह कण्व के आश्रम में प्रातःकालीन पाठशाला थी। एक विशाल अश्वत्थ वृक्ष के नीचे बने आस्थानमण्डप में कण्व की शिष्यमण्डली बैठी थी और एक शिलामय आसन पर मृगचर्म के ऊपर पद्मासन में विराजमान कण्व अपने शिष्यों को प्रातःकालीन उपदेश कर रहे थे। गोमयविलिप्त पवित्र भूमि पर बैठे, कन्धे पर यज्ञोपवीत डाले किशोरवय शिष्य बड़े ध्यान से अपने गुरु को सुन रहे थे। बीच-बीच में वृक्ष पर बैठे किसी पक्षी की कण्ठध्वनि अध्ययन के उस पाठ को और सरस बना देती। तब 'भद्रं कर्णेभिः शृणुयाम देवाः' की पंक्ति जैसे साकार हो उठती; किन्तु शिष्यों का ध्यान तो जैसे पक्षियों के कलरव से अनछुआ रह जाता। आश्रम के दूसरे पार्श्व से उठता अग्नि की आराधना का स्वर-'ॐ अग्निमीडे पुरोहितम् यज्ञस्य देवमृत्विजम्...' मालिनी नदी के तीर पर नीरव वन प्रान्तर को मुखरित कर रहा था। प्राची क्षितिज पर बाल रविरश्मियाँ देदीप्यमान थीं और इधर आश्रम में ज्ञान की दिव्य आभा।

हिमालय के अंक में मालिनी के तीर पर अवस्थित महर्षि कण्व का यह आश्रम वनों से घिरा था। वनों के भीतर कदाचित् भयभीत रहने वाले मृगशावक भी बड़ी निर्भयता से निश्शंक होकर आश्रम के परिवेश में घूमते रहते। उनके इस आश्रम में जैसे चारों आश्रम समाहित थे। समाज के वंचित एवं तिरस्कृत बाल-बालाओं का आश्रय, तापस-तापसियों की तपःस्थली और विद्यार्थियों की पाठशाला का मिला-जुला रूप था उनका आश्रम। आश्रम में रहने वाले ब्रह्मचारी वटुक अपने अध्ययन और यागविधियों में तल्लीन रहते। मालिनी तीर से स्नान कर लौटते वल्कलधारी वटुओं के गीले काषाय वस्त्रों से टपकती जल की बूँदें नदी से आश्रम तक एक रेखासूत्र-सा रच देतीं। ऐसा लगता कि इस मालिनी का आश्रम से जन्म-जन्मान्तर का घनिष्ठ सम्बन्ध

है। सचमुच ऐसा था भी। मालिनी का सौन्दर्य, उसके जल की निर्मलता, पावनता और शीतलता जैसे आश्रम की संस्कृति में रची-बसी थी। आश्रम में केवल ज्ञान की पावनता और बुद्धि की निर्मलता ही नहीं थी, वहाँ मन का, विचारों का सौन्दर्य भी खिलखिलाता था और स्वर्णिम देहयष्टि की सुन्दरता भी अठखेलियाँ किया करती थीं। विचित्र बात यह थी कि मन, बुद्धि, देह सबकी सौन्दर्यधारा एक-दूसरे की पूरक थी, उनमें कहीं कोई विरोध न था। अद्‌भुत सन्तुलन था उनमें। आश्रमों का अनुशासन विरोधियों में भी सन्तुलन कायम कर देता है। वहाँ मृग और सिंह एक ही जलस्थली पर अपनी तृषा शान्त करते हैं, मोर और साँप साथ-साथ नृत्य करते हैं। अनुशासन की वल्गा सबको नियन्त्रित रखती है। अनुशासन का कैसा पाठ पढ़ाया है ऋषिवर ने अपने अन्तेवासियों को! सब कुछ विधिवत् व्यवस्थित और अनुशासित। कोई उच्छृंखलता नहीं, कोई स्खलन नहीं—न तो मन्त्रोच्चार के स्वरों में, न किसी क्रियाकलाप में। एक ओर पखेरुओं का संगीत प्रात:काल को अपने माधुर्य से मुखरित करता तो दूसरी ओर वटुओं के मन्त्रोच्चार में व्याप्त उदात्त अनुदात्त स्वरों से पूरा परिवेश झंकृत हो उठता। सुनने वाला यह निश्चय नहीं कर पाता कि मन्त्रोच्चार का मानवी स्वर अधिक स्पृहणीय है या पक्षियों का माधुर्य सम्पूरित गीत। दोनों के ताल और लय में जो एक क्रमबद्धता थी उससे दोनों ही श्रोतृवर्ग का चित्त चुरा लेते।

इसी आश्रम के कुलपति हैं महर्षि कण्व-अजमीढ़ और केशिनी के पुत्र कश्यपगोत्रीय ऋषि कण्व। कुलपति अर्थात् आश्रम के विद्याध्यायियों के पोषक पिता। अपने अन्तेवासियों का चरित्र गढ़ने वाले, उनमें बाह्य और अंत:सौन्दर्य की संस्थापना और संवर्द्धन करने वाले एक नैष्ठिक ब्रह्मचारी कण्व। अपनी तपस्या के प्रभाव से अतीत और अनागत दोनों के द्रष्टा-कण्व। एक अप्रतिम तेजस्विता के स्वामी एक तप:पूत युगद्रष्टा ऋषि-कण्व।

आज ऋषिवर अपने शिष्यों को ब्रह्मज्ञान का उपदेश कर रहे थे। कभी कठ तो कभी मुण्डक उपनिषद् के वचन उपस्थापित कर उनकी शंकाओं का समाधान करते। शिष्य भी उतनी ही उत्कण्ठा से अपने गुरु को सुनते। अविद्या और विद्या के भेद को आत्मसात् करने वाली शिष्यों की ये पीढ़ियाँ अपने हिताहित का ऐसा ज्ञान ऐसे अल्पवयस् में प्राप्त कर कृतार्थ हो जातीं। 'सा विद्या या विमुक्तये' का लक्ष्य लेकर चलने वाले ऋषिकुल अपने शिष्यों को ऐसी ही अनर्घ और अनाविल ज्ञानराशि से परिपूर्ण कर वासनाविहीन प्रेममय संसार की रचना किया करते।

कृशाश्व के प्रश्न पर धीर-गम्भीर वाणी में कण्व बोले–"वत्स! उस ब्रह्म के साक्षात्कार से हृदयस्थ अज्ञान की ग्रन्थियाँ टूट जाती हैं, संशय मिट जाते हैं। मुण्डकोपनिषद् का वचन है–"भिद्यते हृदयग्रन्थिश्छिद्यते सर्वसंशयः ...तस्मिन् दृष्टे परावरे।"

"ऐसी कौन-सी ग्रन्थियाँ हमारे भीतर विद्यमान हैं गुरुदेव?" शाङ्र्गरव ने पूछा।

"अविद्या।"

"अविद्या!" उत्कण्ठ शिष्यमण्डली का आश्चर्य मिश्रित समवेत स्वर उभरा।
"हाँ, अविद्या। अर्थात् तृष्णा का पाश। सांसारिक प्रलोभन। जो मूढ़ अविवेकी जन हैं, वे अविद्याग्रस्त हैं, सांसारिकता के पाश में आबद्ध हैं उन्हें कथमपि ब्रह्म का साक्षात्कार नहीं हो सकता। जो ज्ञानी हैं विवेकी हैं, वे अविद्या के पाश में नहीं आते। जीवात्मा सांसारिकता के पाश में आबद्ध हो जाती है तो वह ब्रह्म से दूर हो जाती है। जब उसके बन्धन टूट जाते हैं तो वह परमात्मा से एकाकार हो जाती है।"

"प्रभो! जीवात्मा और परमात्मा के इस भेद को तनिक और स्पष्ट करें।" एक शिष्य ने जिज्ञासा की।

"वत्सवृन्द! इसे ऐसे समझो कि एक ही वृक्ष पर एक समान रूप रंग के दो पक्षी निवास करते हैं। उनमें एक तो वृक्ष के मधुर स्वादिष्ट फल खाता है और दूसरा फलों का भोग न कर चुपचाप उसे देखता रहता है। यह मधुर फल जीवन के कर्मों से प्राप्त सुख-दुःख रूप फल है जिसे अविवेकी अविद्याग्रस्त जन खाता है। यह जीवात्मा है। दूसरा पक्षी जो केवल देखता रहता है, भोग नहीं करता, वह शुद्ध बुद्ध मुक्त स्वरूप सर्वज्ञ परमात्मा है।"

अध्यापन को विराम देकर कण्व उठने को उद्यत हुए तो उन्हें ध्यान आया कि आज के अध्ययन में शारद्वत अनुपस्थित है। तत्क्षण उन्होंने पूछा–
"शारद्वत आज दिखलाई नहीं पड़ रहा?"

"उसे तीव्र ज्वर हो आया गुरुदेव" शाङ्र्गरव ने कहा।

"तो अध्ययन के पूर्व ही कहना चाहिए था। चलो चलो उसे देखें।"

शाङ्र्गरव को साथ ले कण्व आश्रम के दूसरे पार्श्व में चले गये। वहाँ एक कुटी में उन्होंने प्रवेश किया। एक कुश की चटाई पर शारद्वत लेटा हुआ था और सुमेधा पास बैठी थी। कण्व को आया देख सुमेधा उठ खड़ी हुई। शारद्वत भी उठने को उद्यत हुआ तो कण्व ने कहा–"सोए रहो वत्स।"

शारद्वत ने संकेत से ही गुरु का अभिवादन किया। कण्व ने उसके सिर पर हाथ रखा, नाड़ी देखी और बोले–

"तुम्हें तो तीव्र ज्वर है। पर चिन्ता मत करो। मैं अभी औषधि देता हूँ।"

कुछ विचारमग्न कण्व बड़े स्नेह से शारद्वत के सिर पर हाथ रखकर वहीं बैठ गये। कुछ कहा नहीं। शारद्वत ने बड़ी श्रद्धा भरी दृष्टि से उनकी ओर देखा। उसकी पलकें गीली हो गयीं। कण्व एक स्नेहशील पिता की भूमिका में थे। भावों की औषधि से अनेक रोगों की चिकित्सा हुआ करती है। स्पर्श के माध्यम से ऐसे ही भावों की औषधियाँ दी जाती हैं।

सुमेधा चुपचाप खड़ी इस स्पर्शचिकित्सा को देख रही थी। उसे अपना अतीत स्मरण हो आया। रुग्णावस्था में शय्या पर पड़ी थी। उसके पति का स्नेहिल कर स्पर्श उसे पुलकित कर रहा था। कितना अविस्मरणीय क्षण था! कौन-सी औषधीय धारा थी जो उन करों से प्रवाहित हो उसके शरीर में प्रविष्ट हो उसे नीरोग बना रही थी। उसे स्मरण है कि पति की उस स्नेहिल शुश्रूषा ने उसके रोग को हटने को विवश कर दिया था। पुरानी स्मृतियों ने सुमेधा की पलकें भिगो दीं। वस्तुतः रोग प्रथमतः मन में हुआ करते हैं, शरीर तो उन्हें व्यक्त करता है। अतः चिकित्सा भी मन के मार्ग से हो तो शरीर भी रोग की अभिव्यक्ति को समाप्त कर देता है।

कण्व उठ खड़े हुए और बोल–"मैं औषधि लेकर आता हूँ।" कण्व की बात सुन सुमेधा का ध्यान टूटा और वह वर्तमान में लौट आयी। कण्व कुटी से बाहर निकल कर चले गये। वृक्ष-वल्लरियों से घिरे आश्रम के परिवेश में सभी रोगों की औषधियाँ थीं। हिमालय के दिव्य क्षेत्र में औषधियों का क्या अभाव? थोड़ी ही देर में अमृता के तने के कुछ टुकड़े और नीम की कोमल पत्तियाँ लिए कण्व लौटे और सुमेधा के हाथ में देकर कहा–

"इनका क्वाथ बनाकर इसे पिलाओ और अपराह्ण में पुनः मुझे सूचित करो। "यथादेश गुरुवर।" कहकर सुमेधा ने सिर झुकाया। कण्व कुटी से बाहर निकल गये।

कण्व ब्रह्मज्ञान देने वाले आचार्य थे, रोगापहारी कुशल वैद्य थे, और विपत्तियों से रक्षा करने वाले स्नेह से परिपूर्ण एक उदार अभिभावक भी थे। यही कारण है कि आश्रम में रहने वाले एक-एक व्यक्ति के हृदय में इस उदारचेता महर्षि के लिए अतिशय श्रद्धा उमड़ती थी। त्याग, तपस्या, उदारता, अनाकांक्षा और अप्रतिम ज्ञानराशि की प्रतिमूर्ति ऐसे ही ऋषियों ने भारतभूमि की प्रतिष्ठा को अक्षुण्ण रखा है। निराकांक्ष जीवन के मार्ग पर सब कुछ परार्थ

के लिए समर्पित कर देना कोई खेल नहीं। स्वार्थ के मूल पर चलने वाले इस संसार में ऐसे असंसारी और त्यागी पुरुष ही ऋषि की संज्ञा पाते हैं।

प्रातःकालीन हवन अध्ययन के उपरान्त शारद्वत को देखकर कण्व अपनी कुटी में लौट आये थे। पूरे दो मास के उपरान्त वे आश्रम लौटे थे। शकुन्तला के ग्रहगतिजन्य कष्ट के निवारणार्थ वे हिमालय की दुर्गम यात्रा पर थे। मालिनी से चलकर मन्दाकिनी के तट पर जा पहुँचे। मन्दाकिनी के तट पर उन्होंने एक मास तक सवितृ-मन्त्र का अखण्ड पुरश्चरण किया। निर्जन पर्वत प्रदेश पर कल-कल करती पुण्यतोया मन्दाकिनी का स्वच्छ मनोरम तट। तुषारमण्डित हिमालय के उस शैत्य-सम्पृक्त वातावरण में सामान्य मनुष्य तो एक दिन भी न रह सके किन्तु कण्व तो शीत उष्ण की भौतिक अनुभूतियों से परे थे। एक शिलाखण्ड पर पद्मासन लगाये 'ह्वयामि देवं सवितारमूतये...' आदि मन्त्रों के अखण्ड पुरश्चरण में तत्पर ऋषि कण्व की उदात्त अनुदात्त स्वरों से मिश्रित कण्ठध्वनि उस नीरव शैल-शिखर पर जैसे सीधे सूर्य से वार्तालाप करती थी। कभी सूर्यदेव अपनी प्रखर रश्मियों से मन्दाकिनी के निर्मल जल को और भी उज्ज्वल कर देते तो कभी काले-काले मेघों के आवरण से ढँक जाते; जैसे माया के आवरण से ब्रह्म ढँक जाता है। कहीं पर्वत शिखर से गिरता निर्मल निर्झर का जलशीकर सूर्य की भास्वर रश्मियों से रौप्यमय बन जाता और ऐसा प्रतीत होता कि शैलशीर्ष से चमकते मोती झर रहे हों। एक मास का अखण्ड पुरश्चरण पूरा हुआ। शकुन्तला के जीवन में आनेवाली विपत्ति टल गयी। कितना स्नेह रखते थे कण्व शकुन्तला से। और पिता और माता तो जैसे शकुन्तला के जीवन-पट से अदृश्य थे। उस उपेक्षित और परित्यक्त सन्तान को कितना स्नेह भरा विशाल और सुरक्षित आश्रय मिला था। इतना त्याग और इतनी तपस्या कोई पोषक पिता तो शायद ही करे।

2

सन्ध्या अपना आँचल पसार रही थी। पश्चिम में लालिमा का साम्राज्य उतर आया था। शकुन्तला, अनसूया और प्रियंवदा तीनों गौतमी की कुटी में आयीं और बैठ गयीं। "माँ! आज इतनी उदास-सी क्यों हो?" प्रियंवदा ने वार्तालाप का क्रम शुरू किया। "नहीं, उदास क्यों रहूँगी? पुरानी स्मृतियों में खो गयी

थी।" गौतमी ने उत्तर दिया। तनिक हमें भी उन स्मृतिवीथिकाओं के परिदर्शन करा देतीं''–अनसूया ने कहा। "हाँ माँ! हमें भी तो कुछ बतलाओ।" प्रियंवदा ने मचल कर कहा।

शकुन्तला का सिर सहलाते हुए गौतमी ने कहा–"सोलह वर्ष पुरानी स्मृतियाँ मानसपटल पर तिर आती हैं तो लगता है जैसे कल ही की बात हो। शकुन्तला को लेकर आये थे तुम्हारे पिता ऋषिवर कण्व। मैंने उनसे व्यग्रतावश पूछ लिया था कि इसे कहाँ से उठा लाये? और उत्तर में उन्होंने इसके जन्म से सम्बन्धित सारा वृत्तान्त खोलकर रख दिया था। उनसे कोई अतीत अनागत छिपा थोड़े है।"

कहते हैं–समय बड़ा बलवान् है। अतीत, अनागत और वर्तमान तीनों पर उसका अधिकार है। समय की चोट से घायल मनुष्य का घाव समय ही भर सकता है, दूसरा कोई नहीं। समय का सम्मान करने वाले उसके आदेश को नतशिर स्वीकार करने वाले जीवन में कभी दु:खी नहीं होते क्योंकि समय की धारा अपने अनुकूल चलने वालों को स्थितप्रज्ञ बना देती है, जिन्हें न तो दु:खों से उद्विग्नता होती है और न सुखों में स्पृहा।

विश्वामित्र के कठोर तप से स्वर्ग में खलबली मची थी। इन्द्र इस हठी ऋषि की तपश्चर्या के दूरगामी परिणाम सोच-सोच कर बड़े व्याकुल थे। वैसे भी विश्वामित्र का स्वर्गवालों से पुराना वैर था। सशरीर स्वर्ग भेज देने के विश्वामित्र के हठ ने त्रिशंकु को कहीं का न छोड़ा। त्रिशंकु नाम ही लोकोक्ति का शब्द बन गया। ईश्वर ने इस धरा पर स्त्री की सृष्टि की और उसे एक अमूल्य धन दे दिया–सौन्दर्य। ईश्वर जानता था कि हठी से हठी व्यक्ति भी जो अपने हठ से तिल भर भी नहीं टलता है, स्त्री का सौन्दर्य उसे क्षणमात्र में वशीभूत कर उसके सारे हठ भुला देता है। विश्वामित्र की भी यही दशा हुई। वे इसी सौन्दर्यधनधारिणी माया महाठगिनी के पाश में आ गये। घबराये इन्द्र ने विश्वामित्र की तपश्चर्या खण्डित करने के लिए अप्रतिम रूपराशि स्वर्ग से धरा पर उतार दी। यह मेनका थी। त्रैलोक्यसुन्दरी मेनका–इहलोक की तो बात ही क्या, स्वर्गलोक को मुग्ध कर लेने वाली थी। विश्वामित्र शान्त भाव से आँखें बन्द किये ध्यान में लीन बैठे थे। मेनका अपने नूपुर के घुँघरू छनकाती आ गयी; किन्तु मन में डर भी समाया था। ऋषिवर सौन्दर्य पर मुग्ध होने के बदले कहीं शाप दे बैठे तो अनर्थ हो जायेगा। मेनका को अपने रूप की शक्ति का अनुमान तो था लेकिन ऋषि के हठ की सीमाएँ वह नहीं जानती थी। ऐसे हठी को तपोविमुख कर देना कोई आसान खेल न

था। ऐसे ही खेल में कामदेव भस्म हो गये थे और रति बिलखती रह गयी। काम तो अग्नि का स्फुलिंग है, थोड़ा भी लग जाये तो फिर आग धधकते देर नहीं लगती। नियति ने अपना जाल फैलाया; मेनका का रूप धरकर। वह काली-काली काजल की रेखाओं से घिरी वक्र चितवन की प्रत्यंचा पर हृदय को बींधने वाले तीक्ष्ण शरों का सन्धान किये जा रही थी। हाथों की उँगलियाँ विभिन्न मुद्राओं में जब चिबुक के नीचे ठहर जातीं, बलखाती कमर में बँधी करधनी जब अपने संगीत पर वक्ष युगल को नृत्य कराती, नूपुर के घुँघरू जब भावभरे मीठे गीतों की तान सुनाते तो सौन्दर्य का कोई पुजारी आत्मविस्मृत हुए बिना नहीं रह सकता था। सब कुछ दाँव पर लगा दिया था मेनका ने। उसकी व्यग्रता बढ़ती जा रही थी। मन ही मन उसने कहा-"इतने में तो स्वर्ग के देवता भी धरा पर उतर आते। ये तो पूरे ऋषि हैं।" पर मेनका भी स्वर्ग की अप्सरा थी कोई साधारण स्त्री नहीं। अन्ततः सौन्दर्य जीत गया और तप पराजित। यतिमतिहरिणी मेनका के बाण लक्ष्यवेध कर चुके।

विश्वामित्र की इन्द्रियों के तार झनझना उठे। मेनका के नूपुरों की छन-छन जैसे अनहद की तरह विश्वामित्र के कानों से हृदय में गहरे उतर गयी और ध्यान का एकमात्र लक्ष्य बन गयी। अब बन्द आँखें व्यग्र हो उठीं। वैसे भी कानों सुनी जब तक आँखों देखी में न बदल जाये, मनुष्य का चित्त बेचैन रहता है। राजर्षि की आँखें जो खुलीं तो खुली ही रह गयीं। अब तो आँखें मेनका के रूपसागर में इतने गहरे उतर गयीं कि उससे निकलने का रास्ता भी भूल गयीं। विषयों के घनघोर कानन में एक बार रास्ता भूल चुकी इन्द्रियों को फिर कभी राह नहीं मिलती। काम-वासना की राह काँच की तरह चिकनी और घर्षण विहीन होती है, जहाँ किसी सावधान मनुष्य का भी पैर आसानी से फिसल सकता है। मेनका ने समझा आँख और कान, दो ने तो मेरी अधीनता स्वीकार कर ली। शेष तीन के लिए तो थोड़ा निकट जाना होगा। और, ग्यारहवीं इन्द्रिय मन; वह तो विश्वामित्र का रहेगा ही नहीं। मेनका अब आश्वस्त थी कि ऋषि अब और ऋषि नहीं रहे। उसने देखा विश्वामित्र की आँखों में मदिर-रक्तिम आभा उतर आयी है। सचमुच मदिरा के प्रभाव में आने में तो तनिक देर भी होती है किन्तु सौन्दर्य की मदिरा पलक मारते ही अपने प्रभाव में ले लेती है-उत्पलशतपत्रवेधनवत्।

प्रारम्भ में मेनका के हृदय में जो व्यग्रता थी वह अब विश्वामित्र के मन में उतर गयी थी। उन्होंने अपना आसन छोड़ दिया। मेनका का नृत्य थम गया था। नीरव वन प्रान्तर में केवल विश्वामित्र के पदचाप की ध्वनि

हो रही थी। वे निकट आये और बोले–"अनिन्द्य सौन्दर्य की स्वामिनी! तुम कौन हो?"

मेनका उनके चरणों में झुक आयी–"प्रभो! दासी को मेनका कहते हैं।"

"ऐसी अपराजेय अनिन्द्य सौन्दर्य राशि पदतल में नहीं झुका करती मेनके!" विश्वामित्र बोले।

और अब सचमुच वह अपराजेय सौन्दर्यनिधि चरणों में नहीं थी। समय ने क्षणमात्र में क्या से क्या कर दिया। समय सचमुच बहुत बलवान् है।

अनासक्ति की कठोर चट्टान सौन्दर्यसलिल की शीतल तरल धारा में टूट-टूटकर बिखर गयी थी। तपश्चर्या के ताप से संतप्त पाषाण की तृषा निर्मूल हो रही थी। उसके सूखे तपते पोर-पोर में जैसे जलधारा प्रवेश कर गयी थी। स्वर्गिक सौन्दर्य की रूपरात्रि में बेखबर निद्रानिमग्न विश्वामित्र की वासनानिद्रा भंग हुई तो वे स्वर्गलोक से इहलोक में उतर आये। मन तो क्या अलग कर पाते पर लोक का ध्यान आते ही एक झटके से अपना तन अलग कर लिया। नियति अपना कार्य कर चुकी थी। तपस्वी की तेजस्विता स्वर्ग की अप्सरा को धरोहर दे दी गयी थी। उस स्वर्गिक रात्रि के बाद सैकड़ों रात्रियाँ आयीं और गयीं। एक दिन मेनका और विश्वामित्र का वह अमूर्त प्रेम मूर्तिमान हो उठा–कन्या के रूप में। जिसकी माँ की रूपराशि की उपमा तीनों लोकों में अलभ्य थी, जिसके पिता की तेजस्विता के आगे देवता भी विनत थे, उनकी कन्या भला रूप गुण में किस तरह कम होती?

मेनका का कार्य सिद्ध हो गया था। वह छलनामयी माँ अपने निश्छल, निर्मल, अनिर्वचनीय सौन्दर्य की कलिका को यूँ ही नदी के किनारे वन्य-प्रान्तर में ईश्वर के भरोसे छोड़कर फिर स्वर्ग की ओर उड़ चली। यह कैसा मातृत्व है? क्या सन्तान को छोड़ देना उनकी विवशता है या स्वभाव? नन्हा सा शिशु वन्य प्रान्तर की श्यामल धरा पर लेटा अपने पैरों को फेंक रहा था। नदी का किनारा और निर्जन वन। कदाचित् कोई हिंस्र पशु पानी पीने ही इधर निकल आये तो! कल्पनामात्र से भी सिहरन हो आती है। क्या माँ का हृदय इतना क्रूर हो सकता है?

ईश्वर सबकी जीवन योजना किया करता है। प्रात: की किरणें फूटीं और पखेरुओं के कण्ठ भी। कलरव करते अपने घोंसलों से उड़-उड़कर अपने गन्तव्य की ओर जाने को उत्कण्ठ खगमण्डली निर्जन-नीरव कानन प्रदेश में एकाकी शिशु को देख धरा पर उतर आयी। चींचीं करती सारी चिड़ियाँ उस कन्या को घेरकर जैसे आपस में विचार-विमर्श कर रही थीं। शायद मनुष्य के

हृदय में पशु-पक्षियों के लिए इतनी संवेदना नहीं होती है जितनी इन पक्षियों के हृदय में इस मानव शिशु के लिए थी। विशाल वृक्षों से झरे पीले पत्तों से धरा पटी पड़ी थी। चिड़ियों ने उन पीत शुष्क पत्तों को ला-लाकर उस कन्या शिशु की देह को ढँक दिया। यह प्रकृति की बेटी थी; जिसकी शय्या जिसका वस्त्र, जिसके रक्षक सब प्रकृतिप्रदत्त थे। माँ से परित्यक्त उस शिशु की क्षुधा का निवारण कैसे हो रहा था यह तो उस वन्य प्रान्तर के खगकुल ही जान सकते हैं। जिन्होंने उसकी प्राणरक्षा की उन्होंने निश्चय ही उसकी क्षुधानिवृत्ति का भी उपाय किया होगा। क्षुधित, नग्न, असहाय मानव प्रकृति के भरोसे जी रहा था।

चिड़ियों का सान्निध्य उस शिशु को भा रहा था। वह शान्त भाव से उन्हें निहार रही थी। धरती पर बिखरे सूखे पत्तों पर किसी के पदचाप की चर्र-मर्र ध्वनि धीरे-धीरे निकट आती जा रही थी। चिड़ियों के मन में भय जागा और वे उड़ चलीं। ये ऋषि कण्व थे जो मालिनी तीर से अपने आश्रम की ओर लौट रहे थे। चिड़ियों को उड़कर जाता देख, अपने आस पास के सूनेपन से घबराकर वह कन्या रोने लगी। मनुष्य अकेलेपन से चिरकाल से घबराता आया है। एकाकी आत्मा ने अकेलेपन की व्यथा से ही घबराकर पुकार लगायी थी-"एकोऽहं बहु स्याम।" शिशु के कातर रुदन ने कण्व का हृदय बींध दिया। कण्व उस रुदन की दिशा में दौड़े चले आये। सामने देखा-एक नवजात कन्या पर्णावरण ओढ़े धरती की गोद में पड़ी है। एकाएक किसी मनुष्य को निकट देख उसका रुदन थम गया और ज्ञानेन्द्रियाँ सजग हो गयीं। उसकी आँखें अपलक ऋषि को निहार रही थीं। कण्व ने उस धूल-धूसरित बालिका को अपनी गोद में उठा लिया था। अब तक जो कन्या नितान्त असहाय और असुरक्षित थी, नियति ने क्षणमात्र में उसे सबसे सुरक्षित और स्नेहिल क्रोड में डाल दिया था। वह कन्या अब एक पिता, एक अभिभावक, संस्कार गढ़ने वाले एक गुरु, तप की दिव्य शक्तियों से परिपूर्ण त्रिकालद्रष्टा ऋषि के संरक्षण में आ गयी थी। मालिनी से आश्रम को लौटते कण्व उस सुन्दर बालिका को आश्रम में ले आये। आश्रम की तापसियों को बुलाकर उसे सौंप दिया और कहा कि वे इसकी अच्छी तरह देखभाल करें। मैं तो उनकी कनीयसी हूँ-छोटी बहन। मुझे बुलाकर उन्होंने इस सम्बन्ध में आवश्यक निर्देश दिये। मैंने कण्व से पूछा-"भगवन्! इस नवजात को कहाँ से उठा लाये? आपका तो संसार ही अलग है, और यह सांसारिकता का बन्धन!"

कण्व गम्भीर हो उठे–"गौतमी! संन्यासी आसक्ति से मुक्त हो सकता है, करुणा से नहीं। करुणाविहीन हृदय तो कोई पाषाणहृदय ही हो सकता है। तनिक इसका मुख तो देखो। स्वर्गिक सौन्दर्य की इस प्रतिमूर्ति में ईश्वर की सत्ता साक्षात् विराज रही है। न जाने किस हृदयहीन माँ ने यह अनमोल धरोहर धरा को सौंप दी। स्नानादि से निवृत्त मैं मालिनी की ओर से चला आ रहा था कि पक्षियों के झुण्ड पर मेरी दृष्टि गयी। सारे पक्षी उड़ गये और मुझे इसका क्रन्दन सुनाई पड़ा; जैसे कह रही हो–मेरे पिता किधर हो?' अच्छा ही हुआ; चलो अनसूया और प्रियंवदा को उनकी छोटी बहन, उनकी सखी मिल गयी।"

मैं बोली–"भगवन्! अनसूया और प्रियंवदा की इस नई सखी को आप क्या नामधेय देंगे?"

आँखें बन्द किये कण्व ने कुछ ठहरकर कहा–"देवी! शकुन्तों ने इसकी रक्षा की है, इसके प्राण बचाए हैं, इसे शकुन्तला कहना। और हाँ, मेरी तपोदृष्टि यह कह रही है कि यह कोई साधारण कन्या नहीं है। स्वर्ग की अनिन्द्य सुन्दरी अप्सरा मेनका इसकी माँ और ऋषि विश्वामित्र इसके पिता हैं।"

मन्दस्मित की रेखा लिए मैं मन ही मन बोली–"ऋषि विश्वामित्र! बड़ी दूर तक मित्रता कर ली आप ने।" शकुन्तला नामधेया उस कन्या को गोद में लिए मैं आश्रम के दूसरे पार्श्व में चल दी।

डेढ़ वर्ष की अनसूया और ढाई तीन वर्ष की तू अपनी अस्पष्ट भाषा में जाने क्या-क्या बातें कर रही थीं। उस दिन शकुन्तला को देख तुम दोनों के कुतूहल की सीमा न थी। तुमलोगों ने देखा कि संन्यासिनी माँ की गोद में एक बड़ा प्यारा नन्हा-सा शिशु किलक रहा है। तुमलोगों ने इससे पहले किसी शिशु को देखा न था। वह मौन शिशु आँखों की भाषा में बहुत कुछ पूछ रहा था। तू तो बाल्यकाल से ही चंचल है–अपने नामानुरूप। तुझसे रहा न गया। उत्सुक होकर तूने प्रश्नों की झड़ी लगा दी–

"माँ यह कौन है?"

"तुम्हारी बहन।"

"क्या यह यहीं रहेगी?"

"हाँ हाँ, जैसे तुम और अनसूया रहती हो।"

"फिर तो बहुत अच्छा है।"

"क्यों?"

"थोड़ी बड़ी हो जायेगी तो हमारे साथ खेलेगी।"

"हाँ हाँ, खेलेगी, बातें करेगी, लड़ेगी-झगड़ेगी, प्रेम करेगी।"

"प्रेम करेगी?"

"हाँ हाँ, प्रेम करेगी।"

"यह प्रेम क्या होता है माँ?"

"जा खेल। फिर कभी बतलाऊँगी।"

मैंने पिण्ड छुड़ाया। तू बाहर खेलने चली गयी। मैं शकुन्तला के लिए गोरस की व्यवस्था में जुट गयी।

"कैसी बेटी है! न तन के पोषण को माँ का दूध मिला और न मन के लिए स्नेह।" मैंने धीमे स्वर में कहा। तभी एक चिर परिचित स्वर गूँज उठा–

"अब तो तन मन दोनों का पोषण इसी आश्रम में होगा दीदी।" सुमेधा चली आयी थी। सुमेधा–वय कोई तीस के आस-पास। सोलह वर्ष हो गये आश्रम में आये हुए। चौदह की उम्र में वैधव्य का वज्रपात हुआ था। निःसन्तान सुमेधा ने जीवन की राह बदल दी। मधुर स्वप्नों की सुन्दर सजीली वीथियों में जिसे निर्द्वन्द्व भ्रमण करना था, जिसे कोमल सुरभित पुष्पशय्या पर अठखेलियाँ करनी थी, जिसे कोई सराहता और वह इठलाती, उस यौवन को उसने आश्रम के कठोर नियमों के हवनकुण्ड का हविष्य बना डाला था।

मैंने उससे कहा–"हाँ सुमेधा, तुम हो मैं हूँ और अन्य देवियाँ हैं, इस आश्रम में। सब इसकी माताएँ हैं। एक माँ ने छोड़ा और दसियों माँएँ मिल गयीं।"

सुमेधा हँसने लगी–"ठीक कहा दीदी। हमने इसी मायाजाल से मुक्ति के लिए संसार छोड़ा; पर वह माया हमारे पीछे-पीछे आश्रम में भी चली आयी।"

मैंने उसे समझाया–स्त्री संसार में रहे न रहे, संसार उसके भीतर ही होता है। बिना स्त्री के संसार की कल्पना भी सम्भव है क्या? स्त्री केवल सौन्दर्य की गठरी नहीं है, देह नहीं है, वह एक करुणा, स्नेह और समर्पण भरे हृदय की स्वामिनी है, जिससे सारा अग-जग स्नेह-प्रेम की भीख माँगता है। कितनी बहुमूल्य निधि है उसके पास।

"हाँ दीदी! यह तो सच है कि सारा संसार अपनी हार्दिक भावनाओं के पोषण के लिए स्त्री के निकट जाता है, हाथ पसारकर याचक बन जाता है।"

"हाँ हाँ! याचक क्यों न बने सुमेधा? प्रेम के कितने रूप हैं स्त्री के हृदय में। माँ का प्रेम-ममत्व भरा स्नेहसिक्त प्रेम। पत्नी का प्रेम-समर्पण और सेवा से भरा-पूरा। बेटी का प्रेम-श्रद्धा से परिपूर्ण। भावनाओं की इतनी चित्र-विचित्र निधियों को सँभालने के लिए बहुत बड़ा हृदय चाहिए; और यह केवल स्त्री के पास होता है।"

"फिर भी वंचित है, ठगी जाती रही है स्त्री।" सुमेधा ने कहा। "देखो सुमेधा! हृदय के आदेश पर चलने वाला हमेशा ठगा जाता है, वंचना का शिकार होता है। वह भी कोई अनजाने में नहीं। वह सब कुछ जानते हुए भी कोई प्रतिरोध नहीं करता क्योंकि भावनाओं की यात्रा में प्रतिरोध का कोई स्थान नहीं होता। प्रतिरोध स्वार्थ की नींव पर खड़ा होता है और बड़े हृदय वाले सचमुच निश्छल और निःस्वार्थ जीवन जीते हैं। स्त्री का तो जन्म ही समर्पण के लिए हुआ है। वह हमेशा प्रदान करती आयी है, आदान तो जाना ही नहीं उसने। उसका दानकर्म थम जाये तो सृष्टि भी थम जायेगी।"

साँझ घिरने लगी थी। सान्ध्यकालीन कार्यों को लक्ष्य कर सुमेधा वहाँ से चली गयी। मैंने सुप्तप्राय शकुन्तला को शय्या पर सुलाकर एक झीना आस्तरण ऊपर से डाल दिया और वहीं बैठकर अपनी सान्ध्यचर्या में लग गयी।

आज की साँझ मुझे सोलह वर्ष पहले के अतीत में खींच ले गयी थी। तूने आज छेड़ दिया तो सारा वृत्तान्त, जिससे आज तक तुम सब अनजान थीं, खुल गया।" –गौतमी ने कहा।

शकुन्तला अपने जन्म के वृत्तान्त पर हैरान थी। मृत्यु के द्वार से उठा लाने वाले इस निर्दय संसार में अपने स्नेहिल क्रोड का आश्रय देने वाले ऋषिवर कण्व के प्रति अपार श्रद्धा शकुन्तला के मन में उमड़ आयी थी। उसे आज ज्ञात हुआ था कि ऋषिवर उसके षोषक पिता हैं। जन्मदाता पिता और माँ ने तो मृत्यु के द्वार पर रख ही छोड़ा था। उसकी आँखों की कोर भीग गयी थी।

शकुन्तला के यौवन और उसकी अनिंद्य सुन्दरता को लेकर ठिठोली करने वाली सखियों ने आज जाना कि इस अनिंद्य सौन्दर्य का रहस्य क्या है? क्षणभर में शकुन्तला के जीवन का चित्रपट बदल गया था। जन्म देने वाले माता-पिता को तो उसने जाना ही नहीं। माँ तो गौतमी और पिता कण्व थे। आज इस वृत्तान्त के उपरान्त इन दोनों के मातृत्व और पितृत्व के प्रति शकुन्तला की श्रद्धा पहले से भी ज्यादा दृढ़ हो गयी थी। होती भी क्यों न? माता पिता का धर्म केवल सन्तान को जन्म दे देना मात्र थोड़े ही है। पाति रक्षति इति पिता। पिता के इस शास्त्रोक्त स्वरूप पर कण्व पूरी तरह खरे उतरे थे।

"चलो, चलो ऋषिवर के सान्ध्य अनुष्ठान का समय हो गया। तुमलोगों को तो कथा कहने और सुनने में ही मन रमता है।" –गौतमी ने कहा। "यह कथा थोड़े न है, यह तो सत्य है माँ!" प्रियवंदा का स्वर उभरा। "हाँ हाँ, जो सच अब तक प्रच्छन्न था उससे तुम सब भी परिचित हो गयीं।"

"अच्छा ही हुआ माँ!" शकुन्तला बोली।

"हाँ सो तो है, पर क्यों"?

"कैसी-कैसी माँएँ हैं और कैसे कैसे पिता! तनिक संसार को भी तो इसका पता चले।"

"शकुन्तला! तू इतनी व्यग्र क्यों हो गयी? क्या तुझे माता-पिता नहीं मिले? अथवा तुम्हारी देखभाल में कोई कमी रह गयी?"

"यही तो मैं कह रही हूँ माँ! जो माता-पिता कथा के पात्र मात्र हैं उन्हें मेरे माता-पिता होने का क्या अधिकार है? मुझ पर तो तेरा अधिकार है माँ! पितृपाद कण्व का अधिकार है, इन सखियों का अधिकार है, इन ब्रह्मचारी भाइयों का अधिकार है। आप सबने ही तो एक तिरस्कृत मृतप्राय कन्या का शरीर, मन, चरित्र सब कुछ गढ़ा है और उन सबमें सौन्दर्य भरा है। प्राणों से प्यारी मेरी सखियाँ मेरी भावनाओं की साझीदार हैं तो अपने ऊपर मैं किसे अधिकार दूँ?"

"माँ! समिधा ले आया हूँ।" शारद्वत ने आवाज दी थी। गौतमी कुटी से बाहर निकली और सान्ध्य हवन की तैयारियों में लग गयी। अब कुटी में केवल तीनों सखियाँ रह गयी थीं। उनका वार्तालाप तो शेष ही न होता था। यौवन की वार्ताएँ बड़ी लम्बी हुआ करती हैं—अनागत की परिकल्पना में। "सखी शकुन्तला! इतनी उदास क्यों हो गयी? अरे! जीवन के कठिन क्षण तो व्यतीत हो गये। अब क्या भय? अब तो सुख के अवसर हैं" अनसूया ने वातावरण की चुप्पी भंग की।

शकुन्तला बोली—"भय लगता है सखी! कहीं दुर्भाग्य का कुछ और अंश शेष न हो!"

अरे भाग्य के चक्र ने पथरीले कण्टकाकीर्ण उच्चावच मार्ग तो तय कर लिए, अब तो सामने राजमार्ग है, राजमार्ग! —अनसूया ने कहा।

प्रियंवदा ने वातावरण की गम्भीरता भंग की—"अरे राजमार्ग का अर्थ नहीं समझती! हमारी प्यारी सखी! तुम्हारे यौवन पर मुग्ध कोई राजकुमार तुम्हें ब्याह लेगा बस!

"हटो, तुम्हें तो हमेशा ठिठोली ही सूझती रहती है, प्रियंवदा!" "हाँ, ठिठोली न करती तो नाम कैसे सार्थक होता"—अनसूया बोली। तीनों सखियाँ ठठाकर हँस पड़ीं। उन्मुक्त यौवन की उन्मुक्त हँसी वातावरण को जैसे सुरभित कर गयी।

3

प्रियंवदा की ठिठोली उस दिन तो हँसी में उड़ गयी लेकिन शकुन्तला उसे भुला न सकी–"राजमार्ग का अर्थ नहीं समझती! तुम्हारे यौवन पर मुग्ध एक सुन्दर-सा राजकुमार तुम्हें ब्याह ले जायेगा।" अपने जन्म का वृत्तान्त और उस पर प्रियंवदा की इस हँसी भरी शुभकामना ने शकुन्तला की हृत्तंत्री झंकृत कर दी थी। सखियों से विलग बैठने वाली शकुन्तला के मन में अब कुछ और चलने लगा था। उम्र के इस पड़ाव पर वैसे भी वासन्ती बयार के झकोरे अपने साथ अनागत के नये-नये सुन्दर दृश्य भी ले आते हैं। शकुन्तला भी मन के चित्रपट पर विचारों की तूलिका से चित्ररचना में तल्लीन रहा करती। उसे यह लगने लगा था कि कोई उसके यौवन पर मुग्ध होगा। कभी दर्पण में अपना मुख, अपने यौवन का प्रतिबिम्ब निहारती तो कभी अपने सपनों के राजकुमार का चित्र अपने हृदय पटल पर रचती होती। साढ़े सोलह वर्ष की अवस्था तक शकुन्तला ने मालिनी की अजस्र शीतल धारा, उसके पार्श्व के वन प्रान्तर और तीर पर अवस्थित इस आश्रम को ही अपने संसार के रूप में देखा था। आश्रम के परिवेश से मन ऊब जाता तो मालिनी के तट पर फैली स्वर्णिम बालुका राशि पर जा बैठती और नदी की धारा को निहारा करती। धारा की गति से तनिक उसके जीवन में भी गति आ जाती और मन प्रफुल्लित हो उठता। सखियाँ यदि उसे ढूँढ़ते हुए आ पहुँचती तो फिर तीनों की टोली मालिनी के नीरव तीर को अपनी खिलखिलाहट के संगीत की अनुगूँज से मुखरित कर देती। मालिनी का तट भी न सुहाता तो शकुन्तला आश्रम की परिधि में फैले हरित-वन प्रान्तर में घूमती हुई कभी मधूक के पके फल कभी नीम की निबोली उठा लाती। वसन्त की ऋतु में तो वन-प्रदेश भी जैसे नया-नवेला हो जाता। पेड़ों के पत्ते झर-झर कर गिरते तो लगता जैसे बातें कर रहे हों।

शकुन्तला प्रकृति की बेटी थी। उसकी भावनाओं में प्रकृति की कोमलता और परोपकारिता रची बसी थी। कण्व शकुन्तला के स्वभाव से अवगत थे अतः उन्होंने आश्रम के पेड़ पौधों की देखभाल का दायित्व उसे सौंप दिया था। आश्रम के एक एक वृक्ष से, लता से शकुन्तला का बड़ा आत्मीय सम्बन्ध था। चम्पक लता हो या नवमालिका सब उसकी बेटियाँ थीं। आश्रम में घूमते रहने वाले छोटे-छोटे मातृविहीन मृगशावकों की माँ थी वह। ऋषिवर की प्रातश्चर्या के लिए पुष्पावचय के उपरान्त पौधों को पानी दे चुकने के बाद ही

वह स्वयं को पानी पिलाती। सखियाँ कहतीं–"भला पौधों को पानी देने के बाद तुम्हारे जलग्रहण करने का क्या कोई व्रत है? वह कहती–अनसूये! पता नहीं क्यों इन पौधों से, वृक्षों और लताओं से मेरा कौन-सा सम्बन्ध है जो मुझे इनके लिए इतना व्यग्र बना देता है। मैं तो मर चुकी थी, लेकिन इन्हीं पादपों ने, लताओं ने इन्हीं विहगकुल ने मुझे जीवन दिया। इन्हीं वृक्षों के पर्णों का आवरण ओढ़े मैं हिंस्र पशुओं की निर्मम दृष्टि से बच सकी अन्यथा उनका आहार बन गयी होती। इनकी अधमर्णता से मैं कभी मुक्त नहीं हो सकूँगी।''

आश्रम के आत्मीय सम्बन्धों में घिरी शकुन्तला पर तो अहर्निश वात्सल्य बरसता रहता। इधर अनसूया और प्रियंवदा की स्वसृवत्सलता और उधर शाङ्‌र्गरव और शारद्‌वत का भ्रातृवात्सल्य। कभी गौतमी का ममत्व भरा वात्सल्य तो कभी कण्व का स्नेहसिक्त वात्सल्य। उसके हृदय से वात्सल्य की यही धारा, वृक्षों, पादपों, लताओं, मृगशावकों, मयूरों के प्रति स्नेह के रूप में फूटती। प्रेम के कई रूप हैं–श्रद्धा, भक्ति, स्नेह, वात्सल्य, ममत्व। श्रृंगार तो निरा एक है उनमें। शकुन्तला बस इसी एक रूप से अनजानी थी। उसके हृदय ने प्रेम का यह रूप अब तक न देखा था। अनुभव होता भी तो कैसे? कभी संसार से साक्षात्कार हो तभी तो! हाँ, 'एक राजकुमार उसके सौन्दर्य पर मुग्ध होकर उसे ब्याह ले जायेगा' की ठिठोली ने उसे प्रेम के दूसरे रंग में रंग दिया था। कुछ तो प्रकृति सिखला देती है और रहा सहा शेष सखियों ने समझा दिया। शकुन्तला अब आँखे खुली होने पर भी जागती न होती, स्वप्नों ने उसके चारों ओर घेरा डाल रखा था।

प्रियंवदा अपने नामानुरूप जितनी चंचल और खुले हृदयवाली थी, शकुन्तला उतनी ही संकोची और अन्तर्मुखी।

4

आश्रम कुछ सूना-सूना सा है। महर्षि कण्व शकुन्तला की ग्रहगतिजन्य आपदाओं के निवारणार्थ विशिष्ट तपश्चर्या के लिए मंदाकिनी के सुदूर तट पर चले गये हैं। आश्रम की बागडोर विद्यार्थियों को सौंप गये हैं। उनकी अनुपस्थिति में भी आश्रम की गतिविधियाँ सुचारू ढंग से चल रही हैं।

प्रतिदिन की तरह प्रातःकालीन अध्ययन का पाठ समाप्त कर आश्रम के

ब्रह्मचारी युगल–शाङ्‍र्गरव और शारद्‍वत समिधा एकत्रित करने आश्रम की परिधि में विद्यमान अरण्य की ओर जा रहे थे। मार्ग में शाङ्‍र्गरव ने शारद्‍वत से कहा–

"शारद्‍वत! गुरुदेव को गये पूरा एक मास बीत चुका। उनकी तपः पूर्ति में एक मास का समय और शेष है। गुरुदेव के बिना आश्रम कितना श्रीहीन प्रतीत होता है।"

"हाँ शाङ्‍र्गरव! उनकी उपस्थिति हमें कितनी ऊर्जा प्रदान करती है। आश्रम के समस्त कार्यों का सम्पादन यद्यपि हम सम्पूर्ण मनोयोग से अब भी कर रहे हैं, किन्तु उनके निर्देश के अभाव में सब अधूरा प्रतीत होता है।

"शारद्‍वत! गुरु तो प्रकाश का पुंज है। उसके पास अकूत ज्ञानराशि की अपूर्व दिव्यता होती है। उसके बिना सारा संसार अन्धकारमय है। जीवन में महान् गुरु बड़े भाग्य से मिला करते हैं।"

शाङ्‍र्गरव और शारद्‍वत महर्षि कण्व के आश्रम में रहने वाले दो बड़े तेजस्वी विद्यार्थी। वयस् लगभग पन्द्रह वर्ष। इनकी शारीरिक मानसिक क्षमता को देख कण्व हमेशा आश्रम के महत्त्वपूर्ण कार्य इन्हें सौंप देते और ये भी उसका निष्पादन इतनी कुशलता से करते कि गुरु का मन हर्षित हो उठता। शाङ्‍र्गरव स्वभाव से थोड़ा चंचल और उग्र था, किन्तु शारद्‍वत इसके ठीक उलट –संकोची और विनम्र। प्रकृति की भिन्नता के बावजूद दोनों में प्रगाढ़ मैत्री थी। आश्रम के सभी कार्यों में दोनों साथ–साथ हाथ बँटाते। साथ–साथ अध्ययन करते, भोजन और शयन भी साथ–साथ।

दोनों बातें करते हुए आश्रम से कुछ दूर जा पहुँचे थे तभी सामने से दौड़ता हाँफता हुआ एक मृगछौना आकर शाङ्‍र्गरव के पैरों से लिपट गया। मृगशावक बिल्कुल बालमृग। अभी उसके सींग भी न फूटे थे। शाङ्‍र्गरव ने देखा कि हाँफने के कारण उसके खुले मुख से आधा–चबाया हुआ घास का कौर गिर रहा है। उसे प्रतीत हुआ जैसे पैरों से लिपटा मृग शावक अपने प्राणों की रक्षा के लिए उससे मौन भाषा में निवेदन कर रहा हो।

"अरे! इसे क्या हुआ?" शाङ्‍र्गरव ने चकित होकर कहा।

"किसी भय के कारण।" शारद्‍वत बोला।

शारद्‍वत की बात पूरी भी न हो पायी थी कि भय का कारण सामने उपस्थित हो गया। रथ पर एक धनुर्धर बाण चढ़ाए मृग का पीछा करता हुआ आ पहुँचा। ब्रह्मचारी के पैरों से लिपटा उसका लक्ष्य सामने था किन्तु वह लक्ष्यवेध करे तो कैसे? उसने सारथि से कहकर रथ रुकवा दिया। शाङ्‍र्गरव

ने देखा बड़े डील-डौल वाला धनुर्धर धृष्ट व्याध की तरह धनुष उठाये अब भी खड़ा है। इधर मृगशावक उसके बाण को देख देख सिकुड़ा जा रहा था। शाङ्र्गरव ने मृगछौने की करुण दशा देखी। जीवन और मृत्यु के बीच दूरी बनाता किस तीव्रता से भागता रहा होगा यह शावक! रथारूढ़ धनुर्धर को गौर से देखकर शाङ्र्गरव ने मन ही मन कुछ कहा और हाथ उठाकर डपटने के स्वर में बोला–

"ठहर जाइए। धनुर्गुण को शिथिल कर बाण उतार लीजिए। यह आश्रम का परिवेश है। यह मृगशावक इसी आश्रम का है। यह मृगया के योग्य नहीं।"

धनुर्धर को पहली बार किसी ने चुनौती दी थी। धनुर्धर की शारीरिक क्षमता तो इतनी थी कि वह इस ललकार को अनसुना कर सकता था किन्तु आश्रम का नाम सुनते ही वह सावधान हो गया था। उसकी धृष्टता और उसके साहस में शिथिलता आ गयी थी। ब्रह्मचर्य की तेजस्विता ने उसे परास्त कर दिया था। तेजस्वियों का तपोबल बड़े-बड़े महारथियों को पराजित कर देता है। उसने शाङ्र्गरव से कहा–

"क्षमा करें..."

उसकी बात बीच में काटते हुए शाङ्र्गरव बोला–

"मृगया के अभ्यास में कहाँ से कहाँ चले आये? यह पूज्यपाद ऋषि कण्व का आश्रम है। आश्रम की सीमा में मृगया निषिद्ध है।" रथी ने हाथ जोड़े और फिर विनम्र स्वर में कहा–

"क्षमा करें। यह सब अनजाने में हुआ है। मुझे आश्रमों की मर्यादा का भलीभाँति ज्ञान है किन्तु मृगया के आवेश में मृगशावक के पीछे दौड़ते अश्वों ने मुझे अमर्यादित बना डाला। क्षमा करें।"

"श्रीमन्! जिसे प्राणों का भय हो वह तो उस भय के कारण से दूर भागेगा ही। मृगशावक तो प्राणरक्षा के लिए दौड़ रहा था किन्तु अश्वों की वल्गा तो आपके अधीन थी। हाँ, यदि आपको आश्रम की अवस्थिति का ज्ञान न था तो कोई बात नहीं।"

"जी! मुझे आश्रम की निकटता का ज्ञान न था। मैंने इसे जंगल का मृग ही समझा था। अश्वों की तीव्र गति के कारण सीमा अतिक्रान्त हो गयी।"

"श्रीमन्! अश्ववार को चाहिए कि वह अश्वों को अपने अधीन रखे, स्वयं उनके अधीन न हो जाये। अन्यथा सीमाएँ अतिक्रान्त होती रहेंगी मर्यादाएँ टूटती रहेंगी। इन्द्रियों के अश्व भी विषयों की ओर इतनी ही तीव्रता से दौड़ते हैं। जब वे विषयों के घनघोर विपिन में प्रवेश कर जाते हैं तो फिर उन्हें लौटने

का मार्ग नहीं मिलता और वे अनियन्त्रित होकर मर्यादाएँ भंग करते फिरते हैं। मन की लगाम से उन्हें नियन्त्रित करना चाहिए। लक्ष्य प्राप्ति में मर्यादा भंग न हो इसका ध्यान रखना चाहिए।"

"जी! प्रमादवश ऐसा हुआ है। आपके वचनों को शिरोधार्य करता हूँ। अहोभाग्य मेरा कि सीमा के अतिक्रमण से मुझे पुण्यलाभ ही हुआ है। मैं महर्षि के आश्रम की पुण्यस्थली में आ पहुँचा! क्या मैं ऋषिवर के दर्शनार्थ आश्रम में जा सकता हूँ?"

"अवश्य! किन्तु पूज्यपाद अभी आश्रम में नहीं हैं। वे मास भर पूर्व ही अपनी साधना के लिए हिमालय के दुर्गम क्षेत्र में हैं। उन्हें लौटने में अभी एक मास और शेष है। हाँ, आश्रम में आप अवश्य पधारें और हमारा आतिथ्य ग्रहण कर अनुगृहीत करें। कुछ ही देर में हम समिधा लेकर लौट आयेंगे।"

मर्यादा का इतना पाठ पढ़ चुकने के बाद रथी ने मन ही मन कहा–"यहाँ आश्रम की संस्कृति के अनुकूल आचरण करना चाहिए।" उसने राजसी परिधान उतार दिये और सारथि को रथ वापस ले जाने को कहा। अब सामान्य वेशभूषा में वह पैदल ही आश्रम की ओर बढ़ चला। यह रथी और कोई नहीं हस्तिनापुर का अजेय सम्राट् दुष्यन्त था। इन्द्र भी जिसके पराक्रम के वशीभूत यदा-कदा सहायता की याचना करते थे आज उसे ही एक तपोनिष्ठ ब्रह्मचारी की तेजस्विता ने धनुष नीचा करने को विवश कर दिया था। ब्रह्मचर्य के तेज के समक्ष बड़े-बड़े सम्राटों के सिर विनत हुए हैं, भारतीय संस्कृति में यह कोई आश्चर्य नहीं।

5

"यह आश्रम कितना सुखकर है। हृदय के विषाद को उड़ा देने वाला यह शीतल समीर तो अन्यत्र अलभ्य है। इन लता-कुंजों की छाया में क्षण-भर भी विश्राम कर लेने वाले का श्रान्त क्लान्त चित्त निश्चय ही प्रफुल्लित हो उठेगा।" दुष्यन्त ने मन ही मन सोचा। मृगया की भाग दौड़ से थकी दुष्यन्त की देह ऐसे वेतस कुंजों को देख तनिक और क्लान्त हो गयी। वह विश्राम के उद्देश्य से छायादार वेतस कुंज की ओर बढ़ा। निकट जाने पर उसे कुछ नारी-स्वर सुनाई पड़ा। वह तनिक ठिठक गया। वल्लरियों की पत्रावली की

ओट से झाँककर उस ने देखा कि तीन युवतियाँ बड़े निर्द्वन्द्व भाव से वार्तालाप में मग्न हैं। सहसा पत्तों की खड़खड़ाहट सुनकर शकुन्तला ने मुँह फेरा तो उसे देख दुष्यन्त के मुँह से आश्चर्यव्यंजक ध्वनि निकलती-निकलती रह गयी। उसने बड़ी कठिनाई से स्वयं को रोक लिया अन्यथा उसकी उपस्थिति प्रकट हो जाती। उसने शकुन्तला की एक झलक देखी और फिर शकुन्तला मुँह फेरकर सखियों से वार्तालाप में मग्न हो गयी। वह दुष्यन्त को नहीं देख पायी।

"विधाता भी बड़ा कलाकार है। पर वह कभी-कभी ही अपनी कला में इतना तल्लीन होता है। जाने कौन-सी मिट्टी से गढ़ा है इसे? जैसे चन्द्रमा द्रवित होकर मुख पर उतर आया हो। घने केशपाश में छिपा यह अनिर्वचनीय सौन्दर्य! क्या कहा जाये! –सौन्दर्यं खलु ब्रह्म। देखने वाला समाधिस्थ हो जाये तो आश्चर्य क्या?" दुष्यन्त ने मन ही मन सोचा।

विस्फोट के लिए तो एक स्फुलिंग ही काफी है। दुष्यन्त के विस्फोटक यौवन पर शकुन्तला के सौन्दर्य-स्फुलिंग ने आग लगा दी थी। वह निश्चेष्ट उस कुंज के निकट छिपा बैठा उनकी बातें सुनता रहा। बातें भी क्या, यौवन सुलभ कल्पनाएँ और आकांक्षाएँ। उनकी बातें सुन-सुन कर दुष्यन्त के हृदय में सोई आकांक्षाएँ भी जाग उठीं। पत्रावलियों की ओट से शकुन्तला को निहारते दुष्यन्त के थके तन और मन दोनों को उपचार मिल गया। थोड़ी देर बाद तीनों वहाँ से उठकर कुटी की ओर जाने लगीं। शकुन्तला भी जा रही थी। उसके पाँव ज्यों-ज्यों आगे बढ़ते, दुष्यन्त को लगता कि उसके हृदय को तीर से बींधकर कोई काढ़े लिए जा रहा है। शकुन्तला उसकी दृष्टि से तो ओझल हो गयी लेकिन मन-प्राणों पर पूरी तरह छा गयी। सारी थकान भूल गया दुष्यन्त। वह वहाँ से उठा और आश्रम में उसी दिशा में आगे बढ़ा जिस ओर वे तीनों सखियाँ गयी थीं। कुटी के पास अकस्मात् एक अनजाने पुरुष को देखकर तीनों सखियाँ किंकर्तव्यविमूढ़ हो गयीं। दुष्यन्त उनकी कठिनाई समझ गया और बड़े विनम्र स्वर में बोला–

"ऋषिवर के दर्शनों के लिए आया था।"

प्रियंवदा ने लक्ष्य किया कि दुष्यन्त की वाणी और दृष्टि में कोई सन्तुलन नहीं है। उसकी वाणी ऋषिवर कण्व की तलाश में है और दृष्टि अपलक शकुन्तला की ओर। प्रियंवदा को थोड़ी-थोड़ी बात समझ में आयी। बड़ी पैनी दृष्टि से उसने उसे निहारा और बोली–

"क्षमा कीजिए गुरुवर के दर्शन तो अभी सम्भव नहीं। वे अन्यत्र हैं। आप हमारा आतिथ्य स्वीकार करें। आश्रम में आपका स्वागत है।"

"हाँ हाँ आइए आसन ग्रहण कीजिए।" एक शिलातल पर मृगचर्म का आसन देती अनसूया बोली।

"जैसी आप सभी की आज्ञा।" दुष्यन्त अपनी अभिलाषा को निहारता प्रदत्त आसन पर बैठ गया।

"शकुन्तले! जा अतिथिदेव के सत्कार को अर्घ्य तो ला"–अनसूया ने कहा।

शकुन्तला चुपचाप कुटी के भीतर चली गयी।

"आपकी सखी का नाम शकुन्तला है?" दुष्यन्त ने पूछा।

"हाँ।"

"बड़ा प्यारा नाम है!"

"केवल नाम ही नहीं, हमारी सखी भी बहुत प्यारी है"–प्रियवंदा ने किंचित् वक्रता के साथ उत्तर दिया।

"आप सबके पिता..."

दुष्यन्त की बात पूरी भी न हो पायी थी कि प्रियंवदा ने बीच में ही कहा–

"जिनके आश्रम में आप पधारे हैं, वही पूज्यपाद हम सबके पिता हैं।

"ऋषिवर कण्व!" कुछ आशंका और आश्चर्य मिश्रित स्वर में दुष्यन्त ने पूछा।

"जी हाँ।" अनसूया का छोटा का उत्तर था।

दुष्यन्त मन ही मन अपने सपनों के ताने बाने बुन रहा था कि उसकी अभिलाषा पर तुषारापात हो गया। जिसे वह अपनी समझ रहा था वह तो उसकी पहुँच से बहुत दूर हो गयी। उसने मन ही मन सोचा–"यह तो ब्राह्मणी है और मैं क्षत्रिय।"

मृगतृष्णा में मृग दौड़ता चला जाता है और जलराशि उतनी ही दूर दिखलाई पड़ती है तो अंत में निराश हताश होकर प्राण त्याग देता है। दुष्यन्त उसी मृग की तरह हताश हो चला था क्योंकि प्रणयतृषा को संतृप्त करने वाली सौन्दर्यराशि अब भी उतनी ही दूर थी। दुष्यन्त सोचने लगा–ब्राह्मण, क्षत्रिय, वैश्य, शूद्र तो मानव निर्मित विभाजन है। ईश्वर ने, प्रकृति ने तो कोई भेद नहीं किया। यही कारण है कि प्रकृति जन्य उपादान मानवनिर्मित नियमों से बँधे नहीं होते। प्रेम प्रकृतिजन्य है और वह प्रकृति फिर ब्राह्मण, क्षत्रिय, हिन्दू, यवन कोई भेद स्वीकार नहीं करती।

शकुन्तला कुटी के भीतर चुपचाप बैठी बाहर बैठे आगन्तुक और सखियों का वार्तालाप सुनती रही। उसने दुष्यन्त को एक झलक मात्र देखा था और अब उसकी वाणी के आधार पर उसका रेखाचित्र खींच रही थी। "मेरा नाम बहुत प्यारा है! यह आगन्तुक मेरे सम्बन्ध में इतना उत्सुक क्यों है?" शकुन्तला

मन ही मन सोच रही थी। उसके भाव-पारावार में हर्ष, आशंका, लज्जा, आशा, निराशा जैसे कितने भाव चंचल तरंगों की तरह आ जा रहे थे। मन की गति बड़ी तीव्र होती है। क्षण में हर्ष, क्षण में विषाद, क्षण में आनन्द; क्षण में हताशा। जिस तरह वर्षाकाल की सरिता को अपनी उफनती जलराशि पर नियन्त्रण नहीं रहता उसी तरह भावों की वर्षा से भीगी शकुन्तला को भी अपनी भावराशि पर नियन्त्रण न रहा। प्रियंवदा और आगन्तुक के वार्तालाप से उसे अपने भविष्य के पर्दे पर कुछ परछाइयाँ उभरती प्रतीत हुईं।

"आगन्तुक का हृदय चंचल हो सकता है, पर मेरे हृदय में यह कौन सा ज्वार उठा है?" शकुन्तला अपने विचार सागर में डूबती उतराती बैठी थी कि अनसूया की आवाज आयी—"शकुंतले! अरे! अतिथि के लिए अर्घ्य तो ले आ।"

"अभी लायी।" कहकर शकुन्तला ने जलपात्र उठाया और अर्द्धनमित नयनों से आगन्तुक के समक्ष प्रस्तुत हुई। उसने अर्घ्य का पात्र दुष्यन्त की ओर बढ़ाया। दुष्यन्त की दृष्टि ठहर गयी—जलपात्र को सम्हालती गौरवर्ण हथेली पर। स्वर्णकमल अपनी पंखुड़ियों के मध्य अमृतकलश लिए खिला था। दुष्यन्त के लिए वह अमृतकलश से कम क्या था? जिससे जिसका प्राणतत्त्व टिका रहे वही उसका अमृतकलश है।

बेसुध-से दुष्यन्त को परिवेश का भी ध्यान न रहा। आँखें स्वर्ण कमल पर और वाणी मौन। संकोच में दबी सिकुड़ी शकुन्तला भी निर्वाक् खड़ी थी।

"अर्घ्य नैवेद्य स्वीकार करें देव!" अनसूया की आवाज से दुष्यन्त का ध्यान भंग हुआ और वह प्रकृतिस्थ हुआ—

"जी"

मालिनी का शीतल जल आज से पहले कभी इतना सुस्वादु नहीं लगा था, दुष्यन्त को। "इस करकमल में स्थापित होते ही यह अमृत बन गया" उसने मन ही मन सोचा।

किंचित् नमित नयनों से शकुन्तला ने आगन्तुक को निहारा तो उसे लगा जैसे उसके मन में उछलती व्यग्रता की तरंगें शान्त-सी हो गयीं। उसने सोचा क्या उसकी भावोर्मियों का किनारा यही है? तनिक मुख उठाया तो आगन्तुक की दृष्टि से उसकी दृष्टि मिल गयी और उसने तत्क्षण नेत्र नीचे कर लिए। एक नारी सुलभ लज्जा। वातावरण में मौन व्याप्त था किन्तु संवादों से कहीं अधिक मुखर।

"अतिथिवर्य! आपने तो कुछ भी नैवेद्य ग्रहण नहीं किया। कृपा कर हमें कृतार्थ कीजिए।" अनसूया ने मौन भंग किया।

"मैं तो अमृततुल्य जल ग्रहण कर ही तृप्त हो गया। आपलोगों के इस अमृतमय सत्कार से अभिभूत हूँ।"

"कृपा प्रभो।" अनसूया बोली।

"इस अमृत से कभी किसी की पिपासा शान्त हुई है?" प्रियंवदा ने मन ही मन कहा।

"आखेट की दौड़ भाग से आप थके होंगे। आइए कुटी के भीतर तनिक विश्राम कर लीजिए। मध्याह्न की धूप भी तनिक तीक्ष्ण है।" अनसूया बोली।

चारों कुटी के भीतर आ गये। प्रियंवदा ने कुश की चटाई बिछाकर उस पर एक आस्तरण डाल दिया और शय्या बना दी। दुष्यन्त ने कहा–"आपने वृथा श्रम किया। मैं बैठकर ही बातें करूँगा।"

प्रियंवदा अपलक दुष्यन्त और शकुन्तला को निहार रही थी। जाने कौन-सी कल्पनाएँ उसके मन में आकार ले रही थीं। सहसा उसने प्रश्न कर दिया–

"श्रीमन्! आप तो इस वन्य प्रदेश के निवासी प्रतीत नहीं होते। आपका स्थान?"

"आपने ठीक कहा। वन प्रदेश का-सा निर्मल सौन्दर्य नगरों में नहीं हुआ करता।"

"पर आपको देखकर आपकी बात मिथ्या प्रतीत होती है। वैसे कौन-सा नगर है वह?"

"हस्तिनापुर"

"हस्तिनापुर! महाराज दुष्यन्त की नगरी।"

"जी"

"आपको तो महाराज के दर्शन सुलभ रहे होंगे?" किंचित् आश्चर्यमिश्रित स्वर में प्रियंवदा बोली।

"क्या महाराज इतने दर्शनीय हैं?" आगन्तुक ने कहा।

"प्रजाजनों के प्रति उनकी निष्ठा ने उन्हें दर्शनीय तो बना दिया है" प्रियंवदा का उत्तर था।

"दैहिक सौन्दर्य तो क्षणस्थायी है, उसका कोई मूल्य नहीं। आत्मा का सौन्दर्य निश्चय ही दर्शनीय होता है। व्यक्ति अपने सत्कर्मों से आत्मा का सौन्दर्य गढ़ता है।" अनसूया ने कहा।

"बड़े प्रशंसनीय हैं महाराज दुष्यन्त! क्या कुछ दोष नहीं है उनमें?" आगन्तुक ने कहा।

"प्रशंसा परोक्ष में की जाती है और दोष प्रत्यक्षतः बतलाये जाते हैं।" अनसूया बोली।

"तो बतलाइए दोष! हस्तिनापुर का दुष्यन्त आपके समक्ष उपस्थित है।"

"महाराज! दुष्यन्त!" आश्चर्य भरे ऊँचे स्वर में प्रियंवदा और अनसूया बोल उठीं।

संकोच की गठरी बनी बैठी शकुन्तला अब आँखें उठाकर अपलक आगन्तुक को देख रही थी। आश्चर्य से उसका मुँह खुला रह गया था। उसे लगा कि प्रियंवदा की ठिठोली वाला राजकुमार क्या सचमुच आ गया? क्या सचमुच जीवनरथ के पहिए राजमार्ग पर आ गये? कभी आशा कभी निराशा की चंचल लहरें चित्त से टकरातीं और शान्त हो जाती। "भला राजा क्यों किसी वनवासिनी कन्या का वरण करे? जिसकी राहों में राजकुमारियों ने पलक-पाँवड़े बिछा रखे हों उसे एक विपिनचारिणी के हाव भाव क्यों भाने लगे?'' शकुन्तला इन प्रश्नों में उलझी निराशा के अन्धकार में डूबने लगती। किन्तु उसी समय एक अज्ञात शक्ति उसके हृदय में उतर कर उसे आश्वस्त करती कि उद्यानों के कटे छँटे फूलों का सौन्दर्य वन में खिले फूलों के स्वतःस्फूर्त सौन्दर्य के सामने फीका पड़ जाता है।

दुष्यन्त की गतिविधियों को बड़े निकट से निहारती प्रियंवदा अब थोड़ी गम्भीर मुद्रा में आ गयी थी। उसे आभास हो गया कि दुष्यन्त की उपस्थिति अनायास नहीं हुई है, कोई न कोई दैवी विधान इसके पीछे अवश्य है। शकुन्तला के प्रति दुष्यन्त की आसक्ति प्रियंवदा की आँखों से अब तक छिपी न थी अतः जब उसे इस अनजान व्यक्ति के महाराज दुष्यन्त होने की सूचना मिली तो वह मन ही मन शकुन्तला के भाग्य को सराह रही थी। प्रियंवदा शकुन्तला की समवयस्क सखी थी। रूपवती भी थी। दुष्यन्त को देख तो कोई भी युवती उसके प्रति साकांक्ष हो उठे। सम्भव है प्रियंवदा की आकांक्षाएँ भी हिलोरें लेती हों। ऐसी स्थिति में शकुन्तला की ओर उसका झुकाव देख उसके मन में ईर्ष्या जगती होगी। लेकिन वास्तविकता इससे बिल्कुल परे थी। हृदय की यह निर्मलता मानवों में अत्यन्त दुर्लभ है।

प्रियंवदा ने शकुन्तला के लिए राजमार्ग की सुलभता के ताने-बाने बुनने शुरू कर दिये। दुष्यन्त की तृषाग्नि को हविष्य मिले ताकि लपटें और तेज हों, यह सोचकर उसने अनसूया के कान में धीरे से कुछ कहा और उत्तर में अनसूया ने स्वीकारात्मक मुद्रा में सिर हिला दिया। कुछ ही क्षणों की औपचारिकता के पश्चात् आश्रम के कार्यों का बहाना बनाकर वे वहाँ से जाने लगीं। स्वयं को एकाकी पाकर नारी सुलभ लज्जा की वशीभूत शकुन्तला ने कहा–"मैं भी चलती हूँ।"

प्रियंवदा तो जैसे उत्तर लिए तैयार बैठी थी–"अतिथि को अकेला छोड़कर तू क्यों जा रही है? आश्रम में आतिथ्य का उत्तरदायित्व तो तुझ पर ही है न।"

शकुन्तला निरुत्तर हो गयी।

प्रियंवदा और अनसूया ने दुष्यन्त को हाथ जोड़े–"प्रभो! वटुकवृंद को सान्ध्यकृत्यों के निर्देश देने हैं अतः हम दोनों अनुपस्थित होती हैं। हमारी सखी आपकी सेवा में तत्पर रहेगी।"

"आप दोनों का सान्निध्य बड़ा सुखकर प्रतीत हो रहा है। मैं तो चाहता कि आप दोनों यहीं रहें किन्तु आश्रम के कार्यों में विघ्न डालना अनुचित होगा। दुष्यन्त ने झिझकते हुए कहा। यद्यपि मन ही मन उनकी अनुपस्थिति ही उसे अभिलषित थी।

6

कुटी के भीतर शकुन्तला और दुष्यन्त के सिवा अब कोई न था। हवा से हिलते पत्तों की सरसराहट और चंचल पक्षियों की ध्वनि के सिवा और कोई मानवी स्वर वहाँ न था। सूर्यदेव ने अपना रथ अस्ताचल की ओर मोड़ दिया था। आकाश में व्याप्त रक्तिमा जैसे मौन स्वर में दुष्यन्त और शकुन्तला के मध्य अंकुरते प्रेम को अभिव्यक्त करती थी। प्रेम का वर्ण रक्तिम हुआ करता है। वह रक्तिमा शकुन्तला के कपोलों पर स्पष्टतः देखी जा सकती थी। दोनों के मध्य एक लम्बी चुप्पी। नारी सुलभ लज्जा ने शकुन्तला के अधरों को बन्द कर रखा था। इधर दुष्यन्त इस अन्तर्द्वन्द्व में उलझा हुआ चुप था कि कहाँ ऋषिकन्या और कहाँ वह क्षत्रिय वंशोद्भव। दूसरी ओर अनिंद्य सुन्दरी शकुन्तला का सौन्दर्य उसके मन में व्याप्त अन्तर्द्वन्द्व को छिन्न-भिन्न कर देता था। एक दूसरी उलझन यह भी थी कि इस मौनव्रती युवती के हृदय में भी क्या वैसा ही उद्वेग है या नहीं। यद्यपि उस मौनलिपि से लिखे स्वीकृति के स्वर को पढ़ते दुष्यन्त को देर नहीं हुई। वैचारिक द्वन्द्व में उलझे उसके अन्वेषक मन ने इच्छानुकूल मार्ग ढूँढ़ना आरम्भ किया। लक्ष्य को इतना निकट पाकर कोई भी मन उसे हस्तगत करने के सारे रास्ते ढूँढ़ता है।

दुष्यन्त ने मौन भंग किया और शकुन्तला की ओर उन्मुख होकर पूछा–"ऋषिवर तीर्थयात्रा पर हैं?"

"जी" शकुंतला का छोटा-सा उत्तर था

आपका जन्म इसी आश्रम में हुआ है?" दुष्यन्त ने बात आगे बढ़ाई। बड़ा विकट प्रश्न था शकुन्तला के लिए। कोई उससे जन्म से सम्बन्धित प्रश्न कर दे तो उसे उत्तर देना कठिन हो जाता था। उसने एक गोल-मोल उत्तर दे दिया–

"जी, मैंने इसी आश्रम में आँखें खोली हैं।"

दुष्यन्त को अपेक्षित उत्तर अब तक नहीं मिल पाया था। उसने मन के भीतर उपजती आशंका सीधे-सीधे शब्दों में रख दी–

"ऋषिवर तो नैष्ठिक ब्रह्मचारी हैं?

"जी"

"फिर, आप उनकी पुत्री?"

दुष्यन्त की आशंका शकुन्तला की समझ में खूब आ रही थी। उसे प्रश्न का व्यंग्यार्थ स्पष्ट था। उसे लगा कि टेढ़े-मेढ़े उत्तरों की वीथियों में घुमाने से अच्छा है कि तथ्य स्पष्ट कर दिये जायें। उसने दुष्यन्त की आशंका निर्मूल करते हुए कहा–

"वे मेरे पालक पिता हैं।"

दुष्यन्त की समस्या आधी हल हो गयी थी। शकुन्तला कण्व की पुत्री नहीं है, इतना तो स्पष्ट हो चुका था। अब प्रश्न यह था कि शकुन्तला के माता-पिता हैं कौन? शकुन्तला दुष्यन्त के हाव-भाव ताड़ गयी और अगले प्रश्न की प्रतीक्षा न कर दूसरे ही क्षण उसने अपने उत्तर में एक वाक्य और जोड़ दिया–

"महर्षि विश्वामित्र मेरे पिता और मेनका मेरी माँ है।" क्षत्रिय-ऋषि विश्वामित्र का नाम सुन दुष्यन्त को सहसा अपने कानों पर विश्वास न हुआ। उसने उत्कण्ठित होकर कहा–

"क्या?"

शकुन्तला ने निर्विकार भाव से अपना उत्तर दुहरा दिया। दुष्यन्त ने मन ही मन सोचा–"महर्षि विश्वामित्र की पुत्री! क्षत्रिय कन्या!"

आकांक्षा की सरिता की राह में निराशा और आशंकाओं के जो पहाड़ आ खड़े हुए थे वे क्षणमात्र में धराशायी हो गये और अभिलाषा की नदिया तीव्रतर वेग से बह चली।

जीवन के इतने पृष्ठ खुल जाने के बाद शकुन्तला भी किंचित् प्रकृतिस्थ हो चली थी। दुष्यन्त के रोम-रोम जैसे नेत्रों की भूमिका में आ गये थे। उसका मन निर्द्वन्द्व हो गया था। शकुन्तला की रूपराशि को निहारते दुष्यन्त के मन ने कहा–

"कैसा अनाघ्रात पुष्प है। इसकी सुरभि को तो देवता भी मचल जाते होंगे। सद्य: प्रस्फुटित किसलय की लाली जिसके अधरों पर है उस सद्योजात कोंपल के खिलते ही तुम आ पहुँचे। अभी तक किसी ने उसकी कोमलता का स्पर्श भी नहीं किया है। अभी-अभी खिले इस पुष्प का पराग अनछुआ है। तुम पहले भाग्यवान भ्रमर हो। न जाने विधाता किस अकिंचन को इस निष्कलुष सौन्दर्य की अकूत सम्पत्ति देकर समृद्ध करेगा? निश्चय ही सैकड़ों पुण्यों का परिपाक ही इसके स्वामित्व का हेतु बनेगा।"

इस अनाघ्रात के रूपसागर में डूबता दुष्यन्त का मन उसकी थाह नहीं ले पा रहा था। अतल गहराइयों में डूबती उतराती मन की मछली को उसका लक्ष्य मिल गया था। उसकी उखड़ती साँसों, उसके मचलते प्राणों को आश्रय मिल गया था। लक्ष्य को हस्तगत-सा देख अतिशय हर्ष के अधीन दुष्यन्त ने मन और वाणी का सन्तुलन खो दिया था। शकुन्तला को निहारने में खोया चित्त अधरों को विराम की मुद्रा में ले आया था। इधर शकुन्तला ने दूर से ही दुष्यन्त की निर्निमेष आँखों में झाँककर अपने भविष्य का चित्रपट देखने का प्रयास किया।

मन के गहरे भाव जो वैखरी में व्यक्त नहीं हो पाते, जिनकी अभिव्यक्ति में कोई भी भाषा शब्दों से दरिद्र हो जाती है, उन्हें आँखें बड़ी सहजता से संप्रेषित कर देती हैं। मन की सारी ऊर्जा आँखों में केन्द्रित हो गयी थी। दुष्यन्त और शकुन्तला का मौन संवाद अब अपनी यात्रा पूरी कर वाणी के तल पर आ पहुँचा था। शकुन्तला ने आतिथेय-धर्म का निर्वाह करते हुए पात्र में रखे फल उठाकर दुष्यन्त की ओर बढ़ा दिये। यह फल नहीं रसीला प्रणय नैवेद्य था। दुष्यन्त ने शकुन्तला की कलाई पकड़ ली और उसे अपने पार्श्व में बिठा लिया। कृत्रिम प्रतिरोध के साथ शकुन्तला दुष्यन्त के वामपार्श्व में बैठ गयी।

दुष्यन्त ने इस लम्बे किन्तु मधुर मौन को भंग कर कहा–

"शकुन्तले! तुमने यथोचित स्थान ग्रहण कर लिया।" प्रेम के क्षणिक आवेग ने 'आप' को 'तुम' बना डाला। निकटता को अभिव्यक्त करने वाली शब्दावली औपचारिकताओं का निर्वाह नहीं करती। "सो कैसे?" शकुन्तला पूछ बैठी।

'स्त्रियाँ वामा जो कहलाती हैं।'

'स्त्रियाँ वामा क्यों कहलाती हैं?'

'क्योंकि उनका स्थान पुरुष के वाम पार्श्व में होता है।'

"भला दाँयी ओर क्यों नहीं होता?"

"शकुन्तला! बड़ी भोली हो। हृदय वाम पार्श्व में होता है, और पति अपनी

पत्नी को हृदय में स्थान देता है। इसलिए पत्नियाँ वामांगिनी हुआ करती हैं।"

शकुन्तला के कपोल आरक्त हो उठे।

उसने धीमे स्वर में कहा–"पर मैं तो...;"

वह अपना वाक्य भी पूरा न कर पायी।

दुष्यन्त ने हँसते हुए कहा–"तुमने मेरे वामपार्श्व में स्थान बना लिया तो मेरी पत्नी होने से तुम्हें कौन रोक सकता है?"

"बिना विवाह के?" आशंकित शकुन्तला बोली।

"विवाह के पश्चात् वाम पार्श्व मिले अथवा वाम पार्श्व के पश्चात् विवाह हो बात एक ही है। हाँ, विवाह की संज्ञा थोड़ी भिन्न हो जाती है। इसे गान्धर्व विवाह कहते हैं।'' दुष्यन्त ने उत्तर दिया।

उसने शकुन्तला का हाथ अपने हाथ में ले लिया। शकुन्तला ने कोई प्रतिरोध न किया। उसने अपनी अँगुली से अपनी नामांकित मुद्रिका निकाली और शकुन्तला की अनामिका में डाल दी और बोला–

"हस्तिनापुर–नरेश दुष्यन्त समस्त देवों को साक्षी मानकर शकुन्तला को अपनी पत्नी स्वीकार करता है।''

सलज्ज शकुन्तला जैसे धरती में गड़ी जा रही थी। क्षणमात्र में दुष्यन्त ने उसे कहाँ से कहाँ ला खड़ा किया था। उसे एक ओर जीवन का राजमार्ग दिखाई देता था और दूसरी ओर आश्रम की मर्यादा, गुरुजन, पितृकल्प कण्व, मातृतुल्य गौतमी की आकृतियाँ प्रश्नवाचक मुद्रा में खड़ी दिखलाई देती थीं। गुरुजनों की अनुमति के बिना वह कैसे वामांगिनी की संज्ञा धारण कर ले?

लज्जा और संकोच से सिकुड़ी शकुन्तला ने धीमे से प्रश्न किया–

"यह आपने क्या किया?"

"क्या किया? ठीक ही तो किया।

तुम्हें वामांगिनी बना लिया। इसे गान्धर्व विवाह कहते हैं।"

"इतनी भी शीघ्रता क्या थी?"

"प्रिये! ऐसे अनाघ्रात सुमन की मदिर सुरभि जिसकी सुधि हर ले वह शीघ्रता न करे तो क्या करे?''

"तो आपकी सुधि हर ली गयी?"

"किसी हृदयहीन की ही सुधि कायम रहेगी।"

"क्या सचमुच?"

"अनाघ्रात, अनाविद्ध, अनाविल, अनागस–प्रिये! इस सौन्दर्यराशि को मैं क्या–क्या उपमान दूँ?"

अनाघ्रात की सुरभि की मादकता दुष्यन्त पर छा रही थी। उस की चंचल आकांक्षाएँ मन को मथ रही थीं। स्नेहसिक्त स्वर में उसने कहा–

"प्रिये! यह दरिद्र नरेश याचक बना है। उसे प्रणय की भिक्षा दो।"

शकुन्तला कुछ उत्तर दे पाती इससे पहले ही दुष्यन्त ने अपना सिर शकुन्तला की गोद में रख दिया था। शकुन्तला की ओर से कोई प्रतिकार नहीं, कोई स्वीकार नहीं। द्विविधाग्रस्त शकुन्तला न 'हाँ' बोल पायी और न 'ना'।

कभी विश्वामित्र भी मेनका के पास ऐसे ही याचक बने थे। वासना के वशीभूत स्त्री या पुरुष याचक बन जाते हैं। भेद केवल इतना है कि पुरुष की याचना मुखर होती है और स्त्री की मौन।

वासना याचना के मार्ग पर ले जाती है, प्रेम नहीं। प्रेम में याचना कैसी? प्रेम लेन-देन नहीं जानता। वह तो केवल देना जानता है, और वह भी बिना माँगे। यदि याचना ही करनी पड़े तो प्रेम कैसा? हृदय के समर्पण में लोकमर्यादा को कोई बाधा नहीं। नैतिकता के बन्धन केवल मूर्त देह को बाँधते हैं, अमूर्त मन पर उनका कोई वश नहीं। और प्रेम, वह तो मन के भीतर बसता है, आत्मा में बसता है। लोकमर्यादा के बन्धन केवल दैहिक स्वच्छन्दता के प्रतिबन्ध हैं, जिस दैहिकता का शुद्ध प्रेम में कोई महत्त्व नहीं। प्रेम मन के अतल तल में जन्म लेता है, पलता है, बढ़ता है और चिरस्थायी हो जाता है। देह के स्तर पर जन्म लेने वाला तथाकथित प्रेम प्रेम नहीं वासना है जो देह के क्षीण होने के साथ-साथ क्षीण होता जाता है। यह वासना का ही खेल था जिसने शकुन्तला के शैशव को असहाय कर दिया था। कदाचित् शकुन्तला प्रेम की वल्लरी पर खिली होती तो उसकी शिशुता इतनी तिरस्कृत न होती।

अधरों ने फिर मौन साध लिया था और आँखें बोल रही थीं। वैसे भी गहरे प्रेम के संवाद आँखों से ही हुआ करते हैं। धीरे-धीरे हाँ, ना के द्वन्द्व में उलझी शकुन्तला के मन में ना की मात्रा घटती चली गयी और उसके मौन आमन्त्रण ने दुष्यन्त के इन्द्रियाश्वों की वल्गा ढीली कर दी। खुले राजमार्ग पर अश्वों को स्वतन्त्र छोड़ दिया जाये तो लक्ष्य की प्राप्ति में भला देर ही कितनी लगती है? दुष्यन्त ने शकुन्तला के तन-मन पर अधिकार कर लिया था और शकुन्तला प्रेम की अतल गहराइयों में डूबकर उस अनिर्वचनीय अरूप का साक्षात्कार कर रही थी। यौवन का झंझावात थमा तो दोनों प्रकृतिस्थ हुए। शकुन्तला कुटी से निकलने को उद्यत हुई तो दुष्यन्त ने उसकी कलाई पकड़ ली। लज्जाविजड़ित शकुन्तला किंकर्तव्यविमूढ़ सी खड़ी रह गयी। दुष्यन्त ने कहा–

"ऋषिवर के लौट आने पर मैं आऊँगा, तुम्हें हस्तिनापुर ले जाने के

लिए, पट्टमहिषी के सिंहासन पर बिठाने के लिए। तब तक प्रतीक्षा तो करनी होगी। यह मुद्रिका तुम्हें मेरी निकटता का आभास कराएगी। यह हमारे प्रेम का, हमारे विवाह का सुन्दरतम अभिज्ञान है।"

दुष्यन्त कुटी से निकल चुका था। शकुन्तला हर्ष और आश्चर्य मिश्रित दृष्टि से प्रेम के उस मूर्त रूप पर, उस सुन्दरतम अभिज्ञान पर आँखें गड़ाई खड़ी थी। सन्ध्याकाल में अपने आश्रय की ओर लौटते पखेरुओं की कण्ठध्वनि से शकुन्तला का ध्यान भंग हुआ। वह आश्रम में लौट आयी। वहाँ कोई न था। प्रियंवदा और अनसूया न जाने कहाँ चली गयी थीं। वैसे भी अब उसे सखियों के सान्निध्य की उतनी आवश्यकता नहीं रह गयी थी। अभी तो एक अभूतपूर्व अनुभव का आस्वाद लेती वह अघाती न थी। उसकी देह भले आश्रम में चली आयी थी किन्तु मन तो अभी भी उस कुटी में बैठा था–दुष्यन्त के साथ। कल्पना के नये-नये बिम्ब उभर रहे थे। विचारों की तूलिका भविष्य के नये-नये चित्र खींच रही थी और शकुन्तला मन की आँखों से उन्हें निहारने में निमग्न थी।

थोड़ी ही देर में अनसूया और प्रियंवदा आश्रम में लौट आयीं। शकुन्तला ने उन्हें देखा तो शिकायत भरे स्वर में बोली–"तुम दोनों मुझे वहाँ अकेली छोड़कर चली आयीं।"

"अकेली! हस्तिनापुर का राजा ही जिसकी रक्षा में तत्पर हो वह अकेली कैसे?" प्रियंवदा ने मुस्कुराकर कहा।

"शकुन्तले! तुम्हारे जीवन के राजमार्ग पर रोड़े बनकर खड़े रहना हमें अच्छा न लगा। इसीलिए चली आयीं। क्या महाराज ने कुछ कहा?"

–अनसूया बोली।

शकुन्तला कुछ बोल न सकी। उसका वाष्पविगलित कण्ठ अवरुद्ध हो गया। उत्तर में उसने अपना दायाँ हाथ आगे बढ़ा दिया जिसकी अनामिका में दुष्यन्त की नामांकित अँगूठी चमक रही थी।

प्रियंवदा ने अँगूठी को ध्यान से देखा। उस अँगूठी में उसे अपनी विजय का प्रतिबिम्ब झलक रहा था। वह समझ गयी कि शकुन्तला दुष्यन्त की हो चुकी थी। दूसरे ही क्षण हर्षित स्वर में बोली–

"सखी! रोती क्यों हो? यह जीवन का सुखद मोड़ है। शकुन्तले! तुम्हारा राजमार्ग आ गया।"

"सखी! प्रियंवदा की वाणी सच हो गयी न! इसने कहा था न कि एक राजकुमार तुझे ब्याह ले जायेगा।" अनसूया बोली।

"अनसूये! तुमने भी तो कहा था कि कण्टकाकीर्ण उच्चावच मार्ग समाप्त हो चुके, अब राजमार्ग आने वाला है।" प्रियंवदा ने कहा।

"किन्तु सखी! मैं तो नहीं जाऊँगी।"

"भला क्यों?" प्रियंवदा ने आशंकाग्रस्त हो पूछा।

"तुम दोनों से विलग होना मेरे लिए असम्भव है।"

"अलग तो होना पड़ेगा प्यारी सखी। यही प्रकृति का नियम है। सहन-शीलता की प्रतिमूर्ति-स्त्री हर परिवर्तित परिवेश में स्वयं को उसके अनुरूप ढाल लेती है। अपनों से दूर होकर वह फिर नये 'अपने' गढ़ती है। परायों को अपना बनाने का यही गुण स्त्री की महत्ता है।" अनसूया ने समझाया।

"यह सब शास्त्र की बातें मुझे समझ नहीं आतीं। पितृपाद कण्व, माँ गौतमी, तुम दोनों, यह आश्रम, ये वृक्ष, ये लताएँ, यह कुटी मैं इन्हें छोड़कर नहीं जाना चाहती।" सुबकती हुई शकुन्तला बोली।

"अच्छा ठीक है। अभी तो तू शास्त्र की बातें मत सुन लेकिन अपने मन की बात अवश्य सुनना। थोड़े दिनों में ही जब महाराज के दर्शन की व्यग्रता तुझे क्षण-क्षण बेधती रहेगी तब मन सब कुछ समझा देगा।" तनिक ठिठोली के स्वर में प्रियंवदा बोली।

7

आश्रम की गतिविधियों में शकुन्तला अब थोड़ी शिथिल-सी हो गयी थी। उसका अधिकांश समय एकान्त में प्रेम की मौन साधना में व्यतीत होता। सखियों को उसकी इस अवस्था का आभास हो चला था। वे उसकी इस साधना में बाधक न बनतीं। सखियों की रोक-टोक कम हो गयी पर शकुन्तला को सखियों के इस व्यवहार के अन्तर का भान तक न हुआ। होता भी कैसे? इन सबका निर्णायक मन तो उसके पास था ही नहीं। वह उसे दुष्यन्त के पास छोड़ आयी। आश्रम के पौधों को पानी देना, फूल चुनना, पालतू मृगछौनों की देखभाल करना आदि कार्यों में दिन तो जैसे तैसे बीत भी जाता किन्तु रात्रि का अन्धकार जब सारे परिवेश को अपनी काली चादर से ढँक देता तो चर्मचक्षुओं का कार्य समाप्त हो जाता और मर्मचक्षु पूरी तरह खुल जाते। मर्म चक्षुओं के खुलने पर एक ही चित्र उभरता-दुष्यन्त। दुष्यन्त से मिलने की

घड़ियाँ फिर साकार हो उठतीं और शकुन्तला के अधरों से अनचाहे भी कुछ अस्फुट स्वर फूट पड़ते स्वर के व्यक्त हो जाने पर शकुन्तला का ध्यान भंग होता और वह संकोचवश अपने पार्श्व में सो रही सखियों को देखती कि किसी ने सुना तो नहीं। विरह की रातें बड़ी लम्बी हुआ करती हैं। शकुन्तला को रात काटे नहीं कटती। विचारों की लहरें उठती गिरतीं और कल्पना उनके सहारे नये-नये चित्र गढ़ती। रात्रि का दूसरा प्रहर बीत जाता तब तीसरे प्रहर में आँखे थोड़ी झपकतीं और स्वप्न वीथियों में भटकती पलकें थोड़े ही समय में फिर हल्की हो जातीं और पखेरुओं की प्रातःकालीन कण्ठध्वनि के साथ फिर एक नया दिन आरम्भ हो जाता।

आज मध्याह्न होने को था। आज फिर शकुन्तला आश्रम के प्रातःकालीन कार्य सम्पन्न कर मालिनी के तीर पर एक वृक्ष की छाया में मौन बैठी थी। वहाँ बैठी-बैठी मालिनी की धारा के साथ फैले उसके विस्तृत सिकतामय पट पर अपनी प्रणय क्रीड़ा में मग्न थी। कभी अपनी उँगलियों से उस पर दुष्यन्त का नाम लिखती और उसके पश्चात् अपना नाम। फिर उसे वामांगिनी वाली बात ध्यान में आती तो उसे मिटाकर बायीं ओर अपना नाम और फिर दाँयी ओर दुष्यन्त का नाम लिखती। लिखने के बाद उस प्रणयलिपि को बड़े गौर से निहारती। इस खेल में उसे बड़ा आनन्द मिलता। यह उसके रोज का खेल था। नाम लिखने के पश्चात् उसने कुछ विचार किया और उठकर नदी की धारा से अपनी अंजलि में जल भरकर ले आयी। सिकताराशि को जल से भिगोकर राजमहल बनाने लगी। राजमहल तैयार हो गया जिसके पार्श्व में दोनों के नामाक्षर अंकित थे। वह प्रसन्नवदन अपने कल्पनालोक को निहार रही थी। मध्याह्न की धूप में जलकण सूख गये और सूखी रेत भरभराकर गिर पड़ी। प्रकृति की इस प्रतिक्रिया से वह थोड़ी भयभीत-सी हुई।

भीगे रेत पर लिखी 'शकुन्तला दुष्यन्त' की लिपि जलकणों के सूखने के बाद भी अभी साकार थी। शकुन्तला उसे निहारने में निमग्न थी तभी रेत पर चलते किसी का पदचाप सुनाई दिया। उसने आँखें उठाकर देखा तो प्रियंवदा चली आ रही थी। उसने झटपट रेत पर लिखे नाम मिटा डाले। प्रियंवदा उसके निकट आ पहुँची और बोली-

"मैंने पूरे आश्रम में तुम्हे ढूँढ़ लिया और तू यहाँ अकेली बैठी है!"

"हाँ, आश्रम में मन न लगा तो यहाँ चली आयी।"

"मन को ढूँढ़ने यहाँ आयी तू? उसे तो तुम्हारा चितचोर चुरा ले गया-हस्तिनापुर।"

"धत्त!"

"धत्त क्या? हाँ बोल न!"

शकुन्तला ने मौन स्वर में स्वीकारोक्ति प्रकट की। प्रियंवदा अब गम्भीर हो आयी।

"सखी! समझती हूँ, तेरे मन की दशा। किन्तु मिलन के सौन्दर्यमय नगर में पहुँचने के लिए इस विरह की नदिया को तो पार तो करना ही होगा अन्यथा उस मिलन का मूल्य कैसे ज्ञात होगा? परस्पर संपृक्त विरह और मिलन प्रेम के ही दो रूप हैं। एक के बिना दूसरा अधूरा है। विरह की आग में तपकर प्रेम सोने की तरह निखर उठता है। विरह की पीड़ा की मिठास ही दूसरी है। जेठ की धूप में तपा व्यक्ति ही वृक्षों की स्निग्ध छाया का मोल समझ सकता है सखी! प्रकृति ने मिलन की राह में विरह की मर्यादाएँ खड़ी की हैं ताकि प्रेम स्वच्छन्द और उच्छृंखल न हो जाये। उच्छृंखलता वासना है, प्रेम नहीं। लो! प्रेम करती है तू, विरह में तपती है तू और प्रेम की कथा कह रही हूँ मैं।''

"प्रियंवदे! मेरी सखी! तुझ-सी प्यारी सखी पाकर तो मैं धन्य हूँ। मेरे भावों को इतने निकट से कौन पढ़ सकता है? बचपन से तूने मेरा मन देखा है पढ़ा है। तुझसे कुछ भी प्रच्छन्न नहीं।"

"मैं देखती हूँ आजकल आश्रम के कार्यों में तुझे पहले जैसी रुचि न रही। तू अन्यमनस्क...। नहीं, नहीं मैं सुधार लूँ अपने को। तू दुष्यन्तमनस्क रहा करती है। इसीलिए ऐसे क्षणों में मैं भी तुझे नहीं छेड़ती। किन्तु सखी! मन के साथ-साथ शरीर का भी तो ध्यान रख। अभी भोजन का समय हो आया। मैं तुझे सारे आश्रम में ढूँढ़ आयी और तू यहाँ बैठी है! क्या हम दोनों तुम्हारे बिना अन्न ग्रहण कर लेंगी? अनसूया भी तुम्हारी प्रतीक्षा में अभी निरन्न ही है। चलो यहाँ से।"

कहकर प्रियंवदा ने शकुन्तला का हाथ पकड़ा और आश्रम की ओर बढ़ चली।

8

ऊबड़ खाबड़ रास्ते पर सारथि ने वल्गा खींच ली थी। रथ के घोड़े मन्थर गति से हस्तिनापुर की ओर चले जा रहे थे। दुष्यन्त मार्ग के परिपार्श्व में फैली वन्य लताओं पर खिले फूलों को देख रहा था।

"कोई मनुष्य इनकी देखरेख में नहीं लगा है। इन्हें जल देने या तीक्ष्ण आतप से बचाने के लिए भी कोई मानवी हाथ नहीं लगते फिर भी कितनी सुन्दर लताएँ हैं और कितने सुन्दर फूल!" शकुन्तला की छवि अपने हृदय में निहारता दुष्यन्त मन ही मन बोला।

"मानव हाथ लगा दे तो प्रकृति की रचना विद्रूप हो जाती है। प्रकृति स्वयं इनकी देखभाल करती है, इसीलिए इनका सौन्दर्य इतना निखरा-निखरा है।" दुष्यन्त सोच रहा था प्रकृति की रचना की कलात्मकता के आगे मानवी कला कहीं नहीं ठहरती। जो प्रकृति से जितना दूर है वह उतना ही विद्रूप है" बाहर से भी और भीतर से भी। प्रकृति की पाठशाला में सीखने वाले को जीवन के सत्य का साक्षात्कार हो जाता है अतः वह तन और मन दोनों से निर्मल हुआ करता है।

रथ की मन्थर गति दुष्यन्त को भा रही थी। रथ कदाचित् आश्रम के निकट ही रुका रह जाता तो उसे और भी अच्छा लगता कि उसका 'अमृतकलश' उसके निकट है। वह अनचाहे मन से हस्तिनापुर लौट रहा था। सारथि माधव केवल उसका सारथि ही नहीं, सखा भी था। माधव ने दुष्यन्त से कहा–

"महाराज! आज आप कुछ अन्यमनस्क-से प्रतीत हो रहे हैं?"

"नहीं, नहीं। संक्षिप्त-सा उत्तर देकर दुष्यन्त चुप हो गया।"

"समझा। आज आपके बाण लक्ष्यवेध न कर सके, इसलिए? आज तो वह मृग आपके बाणों का लक्ष्य बन चुका होता यदि आश्रम के वटुक बीच में न आ गये होते।"

"हाँ मैं आखेट को निकला तो था किन्तु किसी ने मेरा ही आखेट कर लिया।"

"आखेट! आपका!"

"हाँ, मेरा।"

"समझा। उस मृगछौने पर आपका स्नेह उमड़ आया है। उसी ने आपका हृदय हर लिया।"

"मृग ने नहीं मृगी ने।"

"अच्छा! तो वह मृगी थी। यदि वह इतनी ही प्रिय थी तो आश्रमवासियों से माँग लेते।

"आश्रम के कुलपति आश्रम में नहीं थे। बिना उनकी अनुमति के कैसे माँग लाता?"

पर एक मृगी के लिए इतनी उद्विग्नता?"

"हाँ माधव, वह मृगी ही कुछ ऐसी थी।" दुष्यन्त ने दीर्घ नि:श्वास छोड़ते हुए कहा।

दुष्यन्त की पहेली सारथि को कुछ समझ में न आयी अत: वह मौन साधकर रथ हाँकने में मग्न हो गया।

हस्तिनापुर आ गया था। गोधूलि की किरणें राजमार्ग के पार्श्व में खड़े वृक्षों के शीर्ष पर चमक रही थीं। राजप्रासाद निकट आ रहा था। राजमार्ग के पार्श्व में स्थित पुष्करिणियों में खिले कमल अपने-अपने द्वार बन्द करने को उद्यत थे। राजपथ से आने वाला कोई भी यात्री इस स्वर्गिक सौन्दर्य से आकृष्ट हुए बिना नहीं रह सकता, किन्तु दुष्यन्त को तो कुछ ज्ञात ही न हुआ कि किस तरह वह राजपथ से होता हुआ राजप्रासाद तक आ पहुँचा। सारथि ने झटके से लगाम खींच ली तो सहसा रथ के रुकने से दुष्यन्त का ध्यान भंग हुआ। रथ से उतरते हुए वह बहुत उद्विग्न था, जैसे कोई बहुमूल्य वस्तु खो गयी हो। द्वारपाल ने अभिवादन किया। परिचारिकाएँ दौड़ी आयीं। कोई पाँव धोने को आगे बढ़ी तो उसने संकेत से मना कर दिया। राजा की खिन्नता देख वे सभी पीछे हट गयीं। दुष्यन्त ने सीधे अन्त:पुर में प्रवेश किया। रानी वसुमती कक्ष में आयी। दुष्यन्त को अस्त व्यस्त देखकर उन्होंने पूछा–

"महाराज किंचित् उद्विग्न दिखलाई पड़ते हैं?"

"नहीं तो।"

"मेरे प्राण! वसुमती की आँखें इतना भी मिथ्या आचरण नहीं कर सकतीं।"

"महारानी! जिस पर आपकी इतनी प्रीति हो वह भला खिन्न होगा?"

"मैं तो सर्वस्व समर्पित करती हूँ, फिर भी यदि खिन्नता की रेखाएँ आपके मुख पर चली आयें तो मैं क्या समझूँ?"

"महारानी! आप कुछ अधिक चिन्तित हो जाती हैं। आखेट की भाग दौड़ से थका हूँ। सम्भव है उसी की खिन्नता आपको दिखलाई पड़ती हो।"

"चाहे जो हो, यदि आप खिन्न हैं तो दोष मुझ पर ही जाता है।"

"भला ऐसा क्यों?"

"क्योंकि पति की प्रसन्नता का ध्यान रखना पत्नी का कर्तव्य है।"

"और पत्नी की प्रसन्नता का ध्यान रखना...?"

कहकर दुष्यन्त ठठाकर हँस पड़ा और सारा रहस्य उसी हँसी के झोंके में उड़ गया। वसुमती भी हँस पड़ी।

"आपके लिए चन्दन कर्पूर मिश्रित शीतल प्रपाणक अभी मँगवाती हूँ। उससे स्फूर्ति आ जायेगी। तब तक आप विश्राम करें।" कहकर वसुमती ने

अपनी प्रिय सेविका नन्दिनी को पुकारकर बुलाया और कहा–"महाराज के लिए प्रपाणक ले आ। और सुन। चन्दन, कर्पूर, खस डालना मत भूलना।"

"अभी लाई महारानी!" कहकर नन्दिनी चली गयी।

दुष्यन्त ने तुरन्त विश्राम की मुद्रा अपना ली। उसे लगा कि आज तो उसकी चोरी पकड़ी गयी, किन्तु वसुमती ने अधिक पूछताछ न की और उसने भी हँसी-हँसी में रहस्य छुपा लिया। मन की खिन्नता चेहरे से टपक पड़ेगी इसका अनुमान दुष्यन्त ने न किया था। लाख प्रयत्नों के बाद भी मन की भावनाएँ रेखाओं की लिपि में मुख पर अंकित हो ही जाती हैं। मन के निकट रहने वाला उस गूढ़ लिपि को भी पढ़ ही लेता है।

दुष्यन्त ने करवट फेर कर आँखें बन्द कर लीं। अभी वह वसुमती का सामना नहीं करना चाहता था।

थोड़ी ही देर में नन्दिनी एक रजत पात्र में प्रपाणक लिए उपस्थित हुई। वसुमती ने दुष्यन्त की ओर देखा और नन्दिनी से बोली–"अभी वहाँ उत्पीठिका पर रख दे, महाराज सो गये हैं।"

नन्दिनी ने आज्ञा का पालन किया और फिर कक्ष से बाहर हो गयी। खुले वातायन से आती हुई सान्ध्यकालीन ठण्डी हवा वसुमती को बड़ी सुखकर प्रतीत हुई। उसने सोचा–"इसी शीतल समीर से महाराज की क्लान्ति दूर हो रही है अतः उनकी निद्रा में बाधा डालना ठीक नहीं।" उसने नन्दिनी को बुलाकर कहा कि वह महाराज का ध्यान रखे और जब वे जग जायें तो उसे बुला लाये। नन्दिनी को आदेश कर वसुमती अंतःपुर के दूसरे पार्श्व में चली गयी।

दुष्यन्त की आँखों में नींद न थी। व्याकुल मन तो नींद को भी आश्रय नहीं देता। नींद तो स्वस्थ आश्वस्त मन की विश्रांति है। जब उलझन सामने पड़ी हो तो विश्राम कहाँ? उद्वेगकर भावों के चित्रपट जब तक मन में उभरते रहते हैं तब तक मन को चैन कहाँ? आँखें बन्द भी हो जायें तो स्वप्न लेकर आ जाती हैं। भावों की तीव्रता निद्रा हर लेती है चाहे वह अतिशय हर्ष हो या अतिशय विषाद।

दुष्यन्त उठ बैठा। वसुमती की अनुपस्थिति ने उसके मनोभावों की गति तीव्रतर कर दी। उसे चिन्ता थी कि इस विषय में कण्व का अभिमत क्या होगा। यदि उन्होंने अनभिलषित निर्णय दिया तो क्या होगा? साथ ही यह भी कि वसुमती अपनी सपत्नी को किस तरह स्वीकार करेगी?

नन्दिनी से सूचना पाकर वसुमती चली आयी। दुष्यन्त अपनी उलझनों में

डूबा था कि वसुमती ने कक्ष में प्रवेश किया। वसुमती ने दुष्यन्त की खिन्नता लक्ष्य कर कहा—"प्रिय! क्या उपचार करूँ मैं आपकी इस खिन्नता का?"

"कुछ नहीं, थोड़ी देर संगीत को अपना संगी बनाऊँ तो यह श्रान्ति विश्रान्त हो!"

"तो संगीतशाला में चलें? संगीतज्ञों को आज्ञा दी जाये?"

वसुमती ने पूछा।

"नहीं, आज मैं स्वयं संगीत साधना करूँगा, यहीं इसी कक्ष में। बहुत दिन हो गये। मेरी वीणा यहीं मँगवा दीजिए।"

"जैसी आपकी इच्छा।"

वसुमती ने नन्दिनी को बुलाकर आदेश दिया। नन्दिनी ने कक्ष में वीणावादन के उपयुक्त आसन की व्यवस्था की और एक सेवक वीणा लेकर उपस्थित हुआ। दुष्यन्त ने आसन ग्रहण किया और बड़े प्यार से अपनी वीणा गोद में रख ली। गोद में रखते हुए उसे शकुन्तला के स्पर्श की प्रतीति-सी हुई। वह रोमांचित हो उठा। तारों को छेड़कर देखा। ध्वनि अनुकूल नहीं थी। एक सधे हुए कलाकार की मुद्रा में दुष्यन्त ने तारों को कसा और अपनी मन-वीणा के तारों के अनुकूल ध्वनि साध ली। उसने बड़े कोमल स्वर में आलाप लिया और थोड़ी ही देर में अपने हृदयगत राग को ध्वनिगत राग में उतार दिया। उसके मुख पर आश्वस्ति के भाव आ गये थे। उसे लगने लगा कि वीणा के स्वर में शकुन्तला उससे बातें कर रही है। वह अपने आलाप से उसके स्वर में स्वर मिलाकर उसका उत्तर देने लगा। प्रणय और संगीत की यह द्विविध साधना एकाकार हो गयी थी। वैसे भी दोनों में भेद कहाँ? प्रणय जीवन का अमृत-संगीत है जिसकी साधना विरले ही कर पाते हैं। वसुमती जानती थी कि उसके महाराज संगीत के एक बड़े गुणी कलाकार हैं किन्तु ऐसी अलभ्य-साधना से उसका पहली बार साक्षात्कार हो रहा था।

दुष्यन्त के निमीलित नेत्रों के पट पर अब कण्व के आश्रम का दृश्य था। लता कुंज थे, शकुन्तला थी, उसका मधुर, लज्जामय विनीत स्वर था। अँगुलियाँ निर्द्वन्द्व भाव से वीणा के तारों पर खेल रही थीं बिना किसी प्रयत्न के। आत्मविस्मृत दुष्यन्त तो शायद यह भी भूल गया था कि वह वीणा बजा रहा है, किन्तु अभ्यस्त अँगुलियाँ अपनी साधना में तत्पर थीं। एक लम्बे अन्तराल के बाद जब दुष्यन्त ने आँखें खोलीं तो उसने देखा कि वह कण्व के आश्रम में नहीं, अपने कक्ष में है और वसुमती सामने बैठी है। उसके आलाप का स्वर

किंचित् लड़खड़ाया किन्तु उसने तत्क्षण अपने को सँभाला और शनैः-शनैः वीणा का स्वर थम गया। शकुन्तला से मिलन की यह स्वप्निल यात्रा उसे स्वस्थ कर गयी। उसके मुख पर प्रसन्नता की प्रदीप्ति थी।

वसुमती चकित और विस्मित थी। उसने अपने पति को प्रसन्न मुद्रा में देखा तो आह्लादित होकर बोली–

"अद्भुत! अद्भुत! प्रिय! आपके इतने निकट होते हुए भी आज मैंने आपका एक नया ही रूप देखा। मुझसे भी छुपा रखा था यह साधक रूप? साक्षात् सरस्वती उतर आयी थीं।"

"पर मुझे तो कुछ भी ध्यान नहीं। क्या वीणा का स्वर इतना मोहक था?"

"आप तो जैसे समाधिस्थ थे, वीणा की लहरियों में, राग-रागिनियों में, सुरसरस्वती के सौन्दर्य में।"

"सचमुच, मैं तो त्रैलोक्य-अलभ्य-सौन्दर्य के पारावार में निमग्न था।"

"आपके मुख पर फैले हर्ष के उजास को देखकर मुझे आज प्रतीत हो रहा है कि संगीत में कितनी ऊर्जा है?"

"ऊर्जा क्या? यह तो प्राणों का अमृतकलश है जो रुग्ण तन-मन को क्षण में स्वस्थ कर दे।"

"मुझे गर्व है, ऐसा अमृतकलश आपके पास है।"

वसुमती ने हर्षित स्वर में कहा।

"अभी तो पूरी तरह मेरे पास नहीं है।"

दुष्यन्त ने कुछ सोचकर कहा।

"महाराज आप जो कहें पर मैंने आपकी साधना को क्षण-क्षण निहारा है। मुझे विश्वास है कि अमृतकलश पूरी तरह आपका है।"

"आपकी जिह्वा पर सरस्वती हों" कहकर दुष्यन्त फिर एक बार अमृतकलश की याद में खो गया।

रात घिर आयी थी। नन्दिनी ने महारानी के निकट आकर धीरे से कहा– "महाराज के भोजन का समय हो गया। आज्ञा हो तो...।"

वसुमती ने दुष्यन्त से कहा–"महाराज! संगीत की रस साधना तो हो चुकी, तनिक पार्थिव रसों का भी आस्वादन कर लिया जाये। भोजन का समय हो गया है।"

"जैसी महारानी की आज्ञा।" कहकर दुष्यन्त वसुमती के साथ भोजनकक्ष की ओर निकल गया।

9

विधाता ने स्त्री के हृदय को बहुत गहरा बनाया है, जिसके भावों के तल तक कोई पुरुष पहुँच नहीं पाता। स्त्री के अंतस्तल में छिपे भावों का सम्पूर्ण बिम्ब एक स्त्री की देख पाती है। हाँ, पुरुषों के मनोगत भावों को पहचान लेने और उसकी धारा को मनोवांछित राह पर ले आने में स्त्री को देर नहीं लगती।

आज शकुन्तला मौन धारण किये कुटी के पास, बैठी पैर के अँगूठे से मिट्टी कुरेद रही थी। यह प्रणय की निर्विकल्पक समाधि थी जहाँ दुष्यन्त के अतिरिक्त सब कुछ तिरोहित हो गया था।

"सखी! शकुन्तले! तनिक हम दोनों का भी ध्यान रखो। दुष्यन्त तो तुम्हारे हो ही चुके।" अन्यमनस्क सी शकुन्तला का ध्यान आकृष्ट करती हुई प्रियंवदा ने कहा।

शकुन्तला ऐसे प्रश्न के लिए तैयार नहीं बैठी थी। लज्जित हो उसने प्रियंवदा के वक्ष में अपना सिर छिपा लिया। अनसूया किसी कार्यवश वहाँ से अन्यत्र चली गयी। प्रियंवदा और शकुन्तला कुटी के भीतर चली आयीं। प्रियंवदा की चंचलता और उसके सौम्य स्वभाव के कारण शकुन्तला उससे कुछ ज्यादा मिली घुली थी। अन्तरंगता तो अनसूया से भी थी किन्तु अनसूया शकुन्तला की ही तरह थोड़ी संकोची और गम्भीर थी। आज प्रियंवदा से रहा न गया, एकान्त देख शकुन्तला को अन्तरंग भावों के तल पर खींच लायी–

"सखी! सच बताना, रात दिन का कोई ऐसा भी क्षण है जब महाराज तुम्हारी स्मृति में नहीं होते?"

शकुन्तला समझ गयी कि आज प्रियंवदा अपने पर उतर आयी है तो भावों पर पड़े सारे आवरण हटाकर उन्हें निरावृत कर लेगी। उसने सोचा कि उसे निराश क्यों किया जाये। उसने हृदय के सारे कपाट खोल दिये।

"ऐसा कोई क्षण नहीं सखी! स्वप्न के पट पर भी तो वे ही विराजमान होते हैं।"

"शकुन्तले! मुझे बतला कि वह कौन सा तत्त्व है जिससे भावों की ऐसी डोर बँध जाती है? जिससे अपना हृदय भी अपना नहीं रह जाता।"

"प्रियंवदे! तू बड़ी भोली बनती है। क्या तुझे पता नहीं उस तत्त्व का।"

"नहीं सखी! प्रेम का नाम सुना है किन्तु उसकी अनुभूति से वंचित हूँ। भला तुझसे क्या छिपा है?"

"सखी! अनुभूति को अनुभूति से ही जाना जा सकता है। तू उसे शब्दों में बाँधने को कह रही है? मेरी प्यारी सखी! यह गूँगे का गुड़ है। खाओ और मुस्काओ। तू भी खाकर देख लेना।"

"प्रियंवदा ने शकुन्तला का दायाँ हाथ अपने हाथ में लेते हुए कहा–सखी! आजकल उनके वियोग में तू बिल्कुल बुझी-बुझी सी रहती है। अब पितृपाद के लौटने तक तो प्रतीक्षा करनी ही होगी।"

"हाँ प्रियंवदा, कभी-कभी टीस-सी उठती है, पर क्या करूँ। सब कुछ उनके ही हाथ है। वे चाहें तो ले जायें न चाहें तो नहीं। मैं तो प्रतीक्षा ही कर सकती हूँ। स्त्री हमेशा से विवश रही है, मैं भी हूँ।"

"अरे! इतनी निराशा भी ठीक नहीं। देख! ये प्यारी सी मुद्रिका कितनी सुन्दर लग रही है तुम्हारी अनामिका में। जब-जब टीस उठे तो इस अँगूठी में उनके प्रेम का प्रतिबिम्ब निहार लेना।"

"विरह के क्षणों में यही तो मेरा सम्बल है सखी! उन्होंने इसे मेरी अनामिका में पहनाते हुए कहा था कि यह हमारे प्रेम का सुन्दरतम अभिज्ञान है।"

"बिल्कुल ठीक कहा। हाँ! जब उनसे मिलना हो तो यह मुद्रिका उन्हें अवश्य दिखलाना।"

"भला क्यों? यह तो उन्हीं की दी हुई है।"

"प्रेम के इस सुन्दरतम अभिज्ञान को प्रस्तुत करने से मिलन के क्षण और मधुर हो जायेंगे मेरी प्रिय सखी।"

"प्रियंवदे! प्रेम की बड़ी पहचान है तुझे, और कहती है कि तुझे कुछ पता नहीं?"

इस बात पर दोनों हँसने लगीं। इसी बीच अनसूया चली आयी। वह पत्ते के दोने में कुछ जामुन के फल ले आयी थी। एक जामुन उठाकर मुँह में रखती प्रियंवदा बोली–

"ये जामुन कहाँ से ले आयी सखी?"

"माता गौतमी की कुटी में ढेर सारे रखे थे। उन्होंने ही दिया।"

"थोड़े कसैले हैं, पर हैं बड़े स्वादिष्ट।" प्रियंवदा बोली।

"इतने सुस्वादु फल में ईश्वर ने कसैलापन क्यों डाल दिया?" अनसूया बोली।

प्रियंवदा ने तिर्यक् दृष्टि शकुन्तला की ओर फेंकी और अनसूया से बोली "जामुन की यह मिठास मिलन की मिठास है और कसैलापन-विरह की टीस। इसमें केवल मिठास हो तो यह फल किसी को अच्छा न लगे। बिना कसैलेपन

के इस मिठास का कोई आनन्द नहीं। यह कषाय रस वर्ज्य नहीं वांछनीय है।"

"तूने तो ढेरों शास्त्र पढ़ रखे हैं, तेरा दुष्यन्त बड़ा भाग्यवान् होगा।" अनसूया ने प्रियंवदा से कहा।

शकुन्तला मुस्कुरा कर रह गयी।

वार्तालाप का क्रम दूसरी ओर मुड़ गया। अनसूया बोली–

"पितृपाद को गये दो मास व्यतीत हो गये। अब तक तो उन्हें लौट आना चाहिए था।"

"मैं तो लज्जा से गड़ी जा रही हूँ। मन में भय भी छा रहा है। न जाने मेरे इस कृत्य पर पितृपाद क्या निर्णय दें। यदि वे क्रुद्ध हो गये तो मैं क्या करूँगी?" शकुन्तला ने कहा।

"शकुन्तले! भय को हृदय में स्थान मत दो। भला ऐसे उदारचेता पिता से ऐसे प्रतिकूल आचरण की कल्पना भी की जा सकती है क्या? वे तुम्हारे हित के अनुकूल बिल्कुल सकारात्मक निर्णय देंगे; ऐसा मेरा मन कहता है।" प्रियंवदा बोली।

"योग्य पात्र के चुनाव पर सुधी माता-पिता कभी प्रतिकूल नहीं होते।" अनसूया ने कहा।

सखियों की बातें सुन शकुन्तला के हृदय में किंचित् आश्वस्ति हुई। वह कुटिया से निकल बाहर चली आयी और एक नीम की छाया में बैठ गयी। आषाढ़ के मेघ आकाश में आ जा रहे थे। वातावरण थोड़ा उष्ण था। उसने आकाशचारी मेघों पर अपनी दृष्टि लगा दी। सोचने लगी–"स्त्रियों की तरह ये मेघ भी पराधीन हैं। हवा इन्हें जिधर चाहे उधर लिए जाती है। क्या स्त्री अपने अभिलषित पथ पर नहीं चल सकती? क्या पुरुष की अनुगामिनी बने रहने में ही उसका अस्तित्व है? परमात्मा का जो अंश पुरुष में व्याप्त है वही तो स्त्री में भी है फिर किसने उसे पुरुष के अधीन बना दिया?"

शकुन्तला के अन्तस्तल से ध्वनि उठी–"सृष्टि के सन्तुलन के लिए परमात्मा ने स्त्री को ऐसी प्रकृति प्रदान की कि वह पुरुष के अहंकार को तुष्ट कर सके। भावों के जय-पराजय के इस खेल में पुरुष जीतकर भी हारा हुआ रहता है और स्त्री हारकर भी जीत के आनन्द में डूबी रहती है।"

शकुन्तला को अपने स्त्रीत्व पर गर्व हो आया। मेघों की आवाजाही में आसमान के नीले चित्रपट पर काली सफेद रेखाओं से प्रकृति चित्ररचना कर रही थी। शकुन्तला मेघों के उस रेखाचित्र में फिर अपने दुष्यन्त को ढूँढ़ रही थी। उसे लगा कि बादलों का सफेद उत्तरीय धारण किये काले-काले घोड़ों के

रथ पर दुष्यन्त उसे लेने चला आ रहा है। वह अपलक उस छवि को निहारती रही। जब हवाओं ने उस घनरेखा को छिन्न-भिन्न कर दिया तो वह उदास हो गयी। वह सोचने लगी कि प्रकृति के इस चित्रपट पर भी दुष्यन्त से मिलना दूभर हो गया। हवाएँ उसके दुष्यन्त को उड़ा ले गयीं। उदास शकुन्तला वहाँ से उठकर कुटी में चली आयी। वहाँ प्रियंवदा और अनसूया वार्तालाप में मग्न थीं। उसे आया देख प्रियंवदा ने बड़े प्यार से उसे अपने पास बिठा लिया।

10

प्रातःकालीन अध्यापन के उपरान्त अन्तेवासियों को विसर्जित कर महर्षि कण्व अपनी कुटी के सम्मुख एक विशाल अश्वत्थ वृक्ष के नीचे बने आस्थानमण्डप में आश्रम की तापसियों को उपदेश कर रहे थे। एक शिलामय चबूतरे को आठ बड़े-बड़े काष्ठस्तम्भों से घेरकर आस्थानमण्डप का रूप दे दिया गया था। ऊपर बाँस के लम्बे पतले टुकड़ों पर सूखे पत्ते और पुआल रखकर छावनी बना दी गयी थी। हरसिंगार और शिरीष के वृक्ष आस-पास खड़े थे। ऋषिवर की प्रातःकालीन कक्षा यहीं लगती। सुखद शीतल स्पर्श करती हवा के झकोरों से हरसिंगार के फूल झरते और उनकी सुरभि वातावरण को अपूर्व सुगन्धि से भर देती। एक ओर ऋषि वेद के मन्त्रों का उच्चारण कर रहे होते दूसरी ओर हरसिंगार के फूल झरते और शिरीष के फूलों की सुगन्ध वातावरण में व्याप्त होती तो ऐसा लगता जैसे देवताओं को मन्त्रोच्चार के साथ गन्ध और माल्य समर्पित किया जा रहा है। सुमेधा, अपाला, वरुणा प्रभृति अनेक तापसियाँ वहाँ बैठी उन्हें ध्यान से सुन रही थीं।

"स्त्री सृष्टि की नियामक शक्ति है। परब्रह्म परात्पर शिव भी शक्ति से मिलकर ही सक्रिय होते हैं। अन्यथा, शक्ति के बिना शिव तो शवमात्र हैं जिसमें कोई गति नहीं होती। तुम सब उसी शक्ति की प्रतिकृति हो। संसार के कल्याणार्थ ईश्वर ने तुम्हें धरा पर भेजा है।"

"परन्तु भगवन्! हम तो असंसारी हैं। हमें संसार से क्या प्रयोजन?

"वरुणे!' महर्षि गम्भीर स्वर में बोले-कुछ लोग संसार से दूर होकर भी संसारी होते हैं और कुछ संसार में रहते हुए भी असंसारी। यह तो मन की अवस्था है। मन सांसारिकता से बँधा है तो व्यक्ति वन में रहकर भी संसारी ही

है। सांसारिक सम्बन्धों के मूल में स्वार्थ है। सम्बन्धों के दर्पण में हम अपनी इच्छा के अनुकूल प्रतिबिम्ब देखना चाहते हैं। हम वह नहीं देखना चाहते जो हमें अभीप्सित नहीं। अपने अप्रिय यथार्थ का प्रतिबिम्ब हमें अभीप्सित नहीं। सम्बन्ध जब तक हमें आश्रय देता है, तुष्टि देता है तभी तक वह मन को प्रिय लगता है। जैसे ही इस तुष्टि में कोई बाधा उत्पन्न होती है वैसे ही हम उस सम्बन्ध से छूटने का प्रयत्न करते हैं। ऐसे स्वार्थमूलक संसार में पीड़ा और सन्ताप भरा है। इसीलिए इस जगत् को मिथ्या कहा गया।"

"भगवन्! सम्बन्धों के मूल में यदि इतना दुःख है तो संसार में सम्बन्धों का निर्वाह कैसे किया जा सकता है?" अपाला ने प्रश्न किया। अपाला! मिथ्या वस्तु हमेशा पीड़ादायक होती है, क्योंकि नश्वरता उसका प्रधान गुण है। उसे एक न एक दिन नष्ट होना ही है। जैसा मैंने पहले कहा कि यह समस्त संसार मिथ्या है, नश्वर है। इस नश्वरता में आसक्ति ही दुःख का कारण है।

व्यक्ति मिथ्यारूप सम्बन्धों में जीता है। इसीलिए दुःख पाता है। यदि व्यक्ति बिना आकांक्षा, बिना अधिकार जी सके, स्वार्थों से अपना तादात्म्य स्थापित किये बिना जी सके तो उन निःस्वार्थ निराकांक्ष सम्बन्धों में उसे कभी पीड़ा का अनुभव नहीं होगा। जैसे कमल के पत्र पर जल की बूँदें रख दी जाती हैं तो भी पत्र भीगता नहीं। वह उस जल से निर्लिप्त रहता है। इसे ही अनासक्ति कहते हैं। यदि व्यक्ति ऐसे ही पद्मपत्र और जल के सम्बन्ध की तरह सांसारिकता का निर्वाह कर सके तो वह कभी दुःखी नहीं होगा। परात्पर ब्रह्म से जीव का सम्बन्ध ऐसा ही निराकांक्ष निःस्वार्थ आनन्दमय सम्बन्ध है। शाश्वत के प्रति आसक्ति रखने वाला निरन्तर आनन्दमग्न होता है। अतएव ब्रह्मानुभूति के क्षण में, समाधि की अवस्था में अखण्ड आनन्द की अनुभूति हुआ करती है। अपाला! संसार को छोड़कर संन्यस्त हो जाना तो किञ्चित् सरल है। जो संसार के सम्बन्धों का निर्वाह करते हुए भी उनसे निर्लिप्त रहता है, निराकांक्ष रहता है वही सबसे बड़ा संन्यासी है। सांसारिकता से निर्लिप्त रहते हुए संसार के कल्याण का मार्ग प्रशस्त करना ही सर्वश्रेष्ठ संन्यास है।''

कण्व ने सभा विसर्जित की और अपनी कुटी के भीतर आ गये। वे आँखें बन्द किये ध्यान में बैठ गये। परावाणी के संकेतों से उन्हें ज्ञात हुआ कि हस्तिनापुर के सम्राट् दुष्यन्त ने शकुन्तला को वर लिया है। दोनों का गान्धर्व विवाह हो चुका और पुरुवंश का उत्तराधिकारी शकुन्तला के गर्भ में पल रहा है। कण्व को अनुभव हुआ जैसे उनके सिर से कोई भारी बोझ हट

गया है। शकुन्तला की ग्रहशान्ति के लिए विशिष्ट तप कर वे सप्ताह भर पूर्व ही लौटे हैं। उन्हें लगा कि उनका तप फलीभूत हो गया है। वे ध्यानमग्न बैठे ही थे कि शाङ्र्गरव उनकी कुटी के द्वार पर आ खड़ा हुआ। अपने गुरु को ध्यानस्थ देख वह मौन खड़ा, उनके ध्यान से विरमित होने की प्रतीक्षा करने लगा। थोड़ी ही देर बाद कण्व ने आँखें खोली तो देखा कि शाङ्र्गरव कुटी के द्वार पर खड़ा है। उन्होंने बड़े स्नेह से कहा–

"क्या बात है वत्स, द्वार पर खड़े क्यों हो? भीतर आ जाओ।" शाङ्र्गरव ने कुटी के भीतर प्रवेश कर अपने गुरु का चरण स्पर्श किया–सव्येन सव्यः।

"यशस्वी भव!" कण्व ने आशीर्वाद दिया और पूछा–

"कहो किस प्रयोजन से आये?"

"गुरुदेव! कल तो अनध्याय है तो क्यों न मैं, शारद्वत और अन्य सतीर्थ्य कल ओषधि एकत्रित करने अरण्य में चले जायें।"

कण्व कुछ देर विचारमग्न रहे, फिर बोले–

"नहीं वत्स, कल अनध्याय तो है किन्तु तुम्हें और शारद्वत को कल हस्तिनापुर जाना है।"

"यथादेश गुरुवर!" कहकर शाङ्र्गरव निकल गया।

शाङ्र्गरव ने जिज्ञासा भी नहीं की कि हस्तिनापुर क्यों जाना है? वस्तुतः बिना किसी ननु न च के गुरु का आदेश शिरोधार्य कर लेना ही इस गुरु शिष्य परम्परा का दिव्य सौन्दर्य है।

कण्व ने हस्तिनापुर यात्रा के लिए मन ही मन तीन लोगों को चुना–गौतमी, शाङ्र्गरव और शारद्वत। शकुन्तला को उसकी ससुराल पहुँचा देने का उत्तरदायित्व वे इन तीनों को सौंपने वाले थे। शकुन्तला अब उनकी पुत्री से अधिक दुष्यन्त की पत्नी थी, अतएव उसे यथाशीघ्र पति के घर विदा कर देना आवश्यक था क्योंकि धरोहर को सुरक्षित सँभाल कर रखना बड़ा कठिन होता है।

11

कण्व प्रतिदिन की तरह ब्राह्ममुहूर्त्त में जगे। नित्य नियमानुसार वे स्नानादि के लिए मालिनी के तट की ओर चले जा रहे थे। सोलह वर्ष पहले जिस स्थल पर उन्हें शकुन्तला पड़ी मिली थी, आज उस स्थल से गुजरते हुए

उनके मन में सहसा सोलह वर्ष पुरानी स्मृतियाँ कौंध गयीं। वे सोच रहे थे–आज फिर उस कन्या के जीवन में एक मोड़ आया है; जिस तरह सोलह वर्ष पहले आया था। कैसा दिन था! असहाय अवस्था में पड़ी थी दीन-हीन शकुन्तला। आज कैसा दिन है! वह हस्तिनापुर की राजरानी बनने जा रही है। लीलामय ईश्वर के कृत्यों को कौन जान सकता है? क्षण में सोना मिट्टी हो जाता है और क्षण में मिट्टी सोना। शकुन्तला का भाग्य कितना प्रोज्ज्वल है! माता-पिता ने जिसे छोड़ दिया, ईश्वर ने उसे जीवन दिया और स्वर्णिम अक्षरों में उसका भाग्यलेख लिखा।"

नदी का तट आ गया था। कण्व मालिनी की शीतल धारा में नाभिपर्यन्त प्रवेश कर निर्वाक् खड़े हो गये। पूर्व क्षितिज थोड़ा रक्तिम हो चला। सूर्य के सारथि अरुण की छवि धीरे-धीरे प्रकट होने लगी। सूर्यदेव की प्रतीक्षा में कण्व अपनी अंजलि में जल लिए ध्यानस्थ खड़े थे। धीरे-धीरे अरुणिमा तनिक स्वर्णिम हुई और नदी की चंचल धारा में जैसे सोने की झिलमिलाहट समा गयी। सूर्यदेव ने नदी के जल-तल को सोने से मढ़ दिया। अपनी अंजलि से अर्घ्य समर्पित करते कण्व मुखर हो उठे–"यद्योगिनां योगपथानुगम्यं तत्सर्ववेदं प्रणमामि सूर्यं पुनातु मां तत्सवितुर्वरेण्यम्।''

आज सूर्यदेव का आभामण्डल उन्हें कुछ भिन्न-सा प्रतीत हुआ। उन्हें लगा कि सूर्यदेव ने अपनी दिव्य आभा का कुछ अंश शकुन्तला को उपहृत कर उसके सीमन्त में सौभाग्य की स्वर्णिम जगमगाहट भर दी है।

अर्घ्य समर्पण के उपरान्त कण्व वापस आश्रम की ओर लौट चले। आज भी प्रफुल्लित खगमण्डली उस वन्य प्रदेश में किलकती चहचहाती उड़ती चली जा रही थी। ऐसा लग रहा था जैसे शकुन्तला की रक्षा करने वाले पक्षियों की ये संततियाँ शकुन्तला के जीवन को सँवारने वाले कण्व के प्रति कृतज्ञता प्रकट कर रही हों।

कण्व जब तक आश्रम पहुँचे, प्रातःकालीन हवन का समय हो चुका था। शिष्यगण अग्निहोत्रशाला में अपने गुरु की प्रतीक्षा कर रहे थे। कण्व के वहाँ पहुँचते ही सभी शिष्यों ने बारी-बारी से उनके चरण-स्पर्श किये और वेदी के चारों ओर बिछे दर्भासन पर बैठ गये। सामिधेनी से अग्नि का आवाहन किया गया। यज्ञाग्नि प्रज्वलित हो उठी। शिष्यों ने हवनकुण्ड में समिधा डाली। हवनकुण्ड से उठती अग्नि की लपलपाती जिह्वा हविष्य ग्रहण करने को उद्यत थी। 'अग्नये स्वाहा, इन्द्राय स्वाहा...के मन्त्रोच्चार की ध्वनि और हविष्य की सुगन्ध वातावरण में व्याप्त हो गयी। हवन के उपरान्त सभी शिष्य आस्थान

मण्डप की ओर चले। आज के उपदेश का विषय कठोपनिषद् पर आधारित था। कण्व ने शिष्यों को नचिकेता का उपाख्यान सुनाया। नचिकेता की कथा सुनकर उसकी बुद्धिमत्ता पर सभी शिष्य बड़े आह्लादित हुए। शारद्वत को नचिकेता का चरित्र भीतर तक छू गया। उसकी उत्सुकता अधरों पर आ गयी।

"नचिकेता ने यमराज से जटिल आत्मज्ञान की ही याचना क्यों की गुरुदेव?" शारद्वत ने प्रश्न रखा।

"वत्स! नचिकेता वयस् से भले बालक था किन्तु उसकी बुद्धि बड़ी परिपक्व थी। वह जानता था कि आत्मज्ञान से मोक्ष मिल सकता है। शाश्वत आनन्द की प्राप्ति इसी से हो सकती है। अतएव यमराज के द्वारा अनेक सांसारिक प्रलोभन दिये जाने पर भी वह आत्मतत्त्व की अपनी याचना से टस से मस न हुआ। वस्तुतः यम भी उसकी परीक्षा ले रहे थे। यमराज ने उसे श्रेयस् और प्रेयस् का उपदेश दिया।"

"गुरुदेव! श्रेयस् और प्रेयस् में क्या भिन्नता है?" कृशाश्व ने अपनी जिज्ञासा रख दी।

"वत्स! श्रेयस् और प्रेयस् दोनों मार्ग एक-दूसरे के विपरीत हैं। सांसारिक या वैषयिक सुख प्रेयस् कहलाता है, जो मनुष्य को अपने क्षणिक और छद्म आनन्द में बाँध लेने का प्रयत्न करता है। श्रेयस् मोक्षसुख है। इस श्रेयस् के मार्ग पर चलने वाला मर्त्यलोक के आवागमन के बन्धन से मुक्त हो जाता है। मन्दबुद्धि मनुष्य योगक्षेम की चिन्ता में प्रेयस् की ओर प्रवृत्त होता है क्योंकि श्रेयस् के बहुमूल्य गुणों से वह अनभिज्ञ होता है। विवेकशील व्यक्ति दोनों का भेद समझता है, अतः वह श्रेयस् का वरण करता है।"

"गुरुदेव! श्रेयस् और प्रेयस् का स्वरूप क्या विद्या और अविद्या के सदृश ही है?" शारद्वत ने जिज्ञासा प्रकट की।

"तुमने ठीक कहा। प्रेयस् अविद्या ही है। प्रेयस् का वरण करने वाले सांसारिक भोगों के मार्ग पर चल पड़ते हैं। उन्हें जीवन भर चलते ही रहना पड़ता है क्योंकि भोगों का मार्ग अनन्त है। एक के बाद दूसरा, दूसरे के बाद तीसरा प्रलोभन उन्हें घेरे रहता है। यही मूढ़ता है, यही अविद्या है, भटकाव है; जिसके कारण मूढ़ जन जन्म-मृत्यु के चक्र में घूमते रहते हैं और मोक्ष उन्हें अलभ्य हो जाता है। श्रेयस् का वरण करने वालों का चित्त साम्पराय अर्थात् मोक्ष के प्रतिपादक शास्त्रों के ज्ञान से प्रकाशित हो जाता है और वे इस आवागमन से मुक्त हो जाते हैं। वत्सवृन्द! प्रेयोजन्य सांसारिक आनन्द क्षणिक और नश्वर हैं जबकि श्रेयस् की प्राप्ति का आनन्द शाश्वत और सनातन है।"

कण्व ने आज का पाठ यहीं समाप्त कर शिष्यों से विदा ली और अपनी कुटी की ओर चल पड़े। जैसे ही कुटी के द्वार पर पहुँचे तो देखा प्रियंवदा खड़ी है। उसने ऋषिवर के चरण छुए। कण्व ने आशीर्वचन कहे और स्नेहसिक्त शब्दों में पूछा–

"वत्से! इस समय? कुछ विशेष प्रयोजन है?"

कण्व जानते थे कि प्रात:काल के इस समय में प्रियंवदा आश्रम के अन्यान्य कार्यों में व्यस्त रहा करती है, अतएव उसकी इस आकस्मिक उपस्थिति पर उन्होंने ऐसा प्रश्न किया था।

कण्व के इस तरह प्रश्न कर देने से प्रियंवदा थोड़ी सकपका गयी क्योंकि वह जिस प्रयोजन से आयी थी उसे व्यक्त करने में उसे संकोच का अनुभव हो रहा था। बात शकुन्तला के गान्धर्व विवाह की थी। उसने मन ही मन सोचा कि कौन सी शब्दावली में यह प्रकट करूँ कि पितृपाद रुष्ट न हों। कण्व के प्रश्न का कोई उत्तर उसने न दिया और सकुचाती हुई मौन खड़ी रही। कण्व ने बड़े स्नेह से फिर कहा–"पुत्री! तू तो मुझसे इतना संकोच नहीं करती। तेरी मुखरता को लक्ष्य कर ही मैंने तेरा नाम प्रियंवदा रखा है। आज ऐसी क्या बात हो गयी? इस पिता से भला क्या संकोच? कुछ तो कहो।

"पितृश्री! सखी शकुन्तला...।'' प्रियंवदा इतना ही कह पायी। उसका कण्ठ भर आया। वह फिर मौन हो गयी किन्तु उसकी आँखें बरसने लगीं। कण्व को तो सब अतीत अनागत ज्ञात था ही। उन्होंने प्रियंवदा की दशा देखी तो उसे अपने हृदय से लगा लिया और उसके सिर पर हाथ फेरते हुए बोले–

"तुझे कुछ कहने की आवश्यकता नहीं। मैं सब जानता हूँ। शकुन्तला दुष्यन्त की वधू बन चुकी और आपन्नसत्त्वा भी है। बेटी! यह सब ईश्वर की लीला है। उसी के आदेश से सब कुछ होता है, हुआ है। मैं, तुम, दुष्यन्त शकुन्तला ये सब तो माध्यम हैं। मेरे लिए यह अतिशय हर्ष की बात है कि सुशिष्य को दी गयी विद्या के समान शकुन्तला भी योग्य वर द्वारा वर ली गयी है। कितनी भाग्यवती है शकुन्तला! तुझ जैसी सखी भी तो मिली है उसे, जो अपने मन पर उसका बोझ उठाये मेरे पास यह सब कहने को आयी।"

प्रियंवदा की आँखों से अब धारासार बरसात होने लगी। पिता का ऐसा प्रेम बरसाने वाले कण्व की बातें सुनकर प्रियंवदा का हृदय उनके प्रति विनीत भावों से भरा उठा। उसने अपने आँसुओं से ही पिता के चरण पखार दिये।

कण्व बोले–"प्रियंवदे! बस तुझे और अनसूया को योग्य हाथों में सौंप दूँ तो मैं निश्चिन्त हो जाऊँ।"

प्रियंवदा रोती हुई बोली–"पितृश्री! आपके चरणों से दूर होकर हम कैसे रह पायेंगी?"

"नहीं पुत्री! यह तो प्रकृति का विधान है। पुत्रियाँ पिता के घर जन्म लेती हैं किन्तु उन्हें तो एक और घर सजाना सँवारना होता है। वही उनका घर होता है।"

"क्या बेटियाँ पिता के लिए पराई होती हैं पिताजी?"

"नहीं, पिता के हृदय से बेटी को जो निकटता प्राप्त है वह तो बेटे को भी नहीं।"

"तो फिर पिता उसे अपने से विलग क्यों कर देते हैं?"

"तू बड़ी भोली है प्रियंवदा! सृष्टि का चक्र चलता रहे उसके लिए यह आवश्यक है मेरी पुत्री! जानती हो, बेटी त्याग और समर्पण की जीती जागती मूर्ति है। वह मौन रहकर सभी दु:खों को अन्तर्हित कर लेती है और सबको सुख बाँटती फिरती है। इसलिए ही, सुख बाँटने के लिए, दूसरे घर को सुखी बनाने के लिए उसे पिता का घर छोड़ना पड़ता है।"

प्रियंवदा कुछ प्रकृतिस्थ हुई तो कण्व फिर बोले–

"विवाह के पश्चात् शकुन्तला को अपने पति के घर जाना चाहिए। मैं सोच रहा हूँ कि कल का मुहूर्त्त इसके लिए उपयुक्त है। तू जा और अपनी सखी की विदाई की तैयारियाँ कर।"

प्रियंवदा प्रसन्नवदन वापस लौट गयी। अनसूया ने उसे देखा तो दौड़कर पास गयी और बोली–"पितृश्री ने क्या कहा? क्रुद्ध तो नहीं हुए?"

"मेरे मुखमण्डल को देख कर भी तुझे कुछ अनुमान नहीं हो रहा क्या? पितृपाद को कुछ भी कहना नहीं पड़ा। उन्हें तो सब पूर्व से ही ज्ञात था। उन्होंने सहर्ष अनुमति ही नहीं दी, उसकी विदाई के लिए कल का दिन भी निश्चित कर दिया है।"

"वह तो तुझे देखते ही मैं समझ गयी। तू सचमुच प्रियंवदा है। हमेशा प्रिय समाचार लाने वाली मेरी प्यारी सखी।"

"जिसके हृदय में असूया हो ही न उसे कौन अप्रिय लगेगा सखी?" कहकर प्रियंवदा मुस्कुराती हुई अनसूया के गले लग गयी।

"अच्छा तो अब शकुन्तला की विदाई के लिए सौभाग्य-सामग्री एकत्रित करें? भला क्या-क्या चाहिए होगा?" प्रियंवदा ने अनसूया से पूछा।

चल-चल सुमेधा मौसी से पूछ लेते है। अनसूया बोली। वे दोनों से वहाँ से निकलकर सुमेधा के पास पहुँच गयी। उन्हें देखते ही सुमेधा बोली–"आज

मेरी दोनों बेटियाँ प्रातःकाल ही मिलने चली आयीं? अवश्य कोई बात है। आओ, आओ।" सुमेधा उन्हें अपनी कुटी के भीतर ले गयी।

"माँ आप तो जानती ही हैं कि शकुन्तला का महाराज दुष्यन्त से गान्धर्व विवाह हो चुका है। पितृश्री ने कल उसकी विदाई का दिन भी निश्चित कर दिया है। इसीलिए हम आपके पास चली आयीं कि उसे विदाई के अवसर पर क्या-क्या सामग्रियाँ चाहिए होंगी।" अनसूया बोली।

"विदाई की सामग्री?" कहकर सुमेधा अपने अतीत में खो गयी। कितना सौभाग्य भरा दिवस था। पति के घर विदा होते हुए पिता ने कितने स्नेह से वस्त्र आभूषण और नाना प्रकार की सौभाग्य सामग्रियाँ उसे दी थीं। सुमेधा अपने अतीत के पृष्ठ उलटने लगी—काठ की बनी पालकी पर सजी सँवरी सुमेधा बैठी है। दो भृत्य अपने कन्धे पर पालकी लिए जा रहे हैं। वह पालकी के भीतर सकुचाई बैठी अपने पाँवों को निहार रही है।

पाँवों के गौरवर्ण पर रक्तिम आलक्तक कितना सुन्दर लग रहा था। उसकी देह से लिपटे चीनांशुक की चमक में जैसे उसकी भाग्यरेखा चमक रही थी। उच्चावच मार्ग में पालकी तनिक हिलती डुलती तो उसके पाँव के नूपुरों से जैसे प्रेम का संगीत झंकृत हो उठता। कितना सुहाना दिन था! पर जीवन के झंझावात ने क्षणमात्र में सब कुछ लील लिया। सब कुछ अन्धकार में समा गया। सौभाग्य की वह लालिमा जाने कहाँ विलीन हो गयी। अब तो सब कुछ धवल है, श्वेत शुभ्र है।

"माँ तुम तो मौन हो गयी?" प्रियंवदा ने सुमेधा का ध्यान भंग किया।

"अरे हाँ देखो! नये वस्त्र आभूषण और विविध प्रकार की सौभाग्य सामग्रियाँ।"

"किन्तु माँ यह सब इस अरण्य में आयेगा कहाँ से?"

"प्रियंवदा! तू इसकी चिन्ता मत कर। जिस ईश्वर ने शकुन्तला के क्षीणप्राय जीवन को जीवित किया, इतना सुन्दर बनाया वही सारी व्यवस्था भी करेगा।"

"हस्तिनापुर की राजरानी बनने जा रही है मेरी सखी। उसे तो पर्याप्त आभूषण होने ही चाहिए।" प्रियंवदा बोली।

"प्रियंवदे!" सुमेधा ने किञ्चित् गम्भीर होकर कहा—"भौतिक सामग्रियों का कोई विशेष महत्त्व नहीं। शकुन्तला आभूषणों से सजी-सँवरी हो या न हो मन के भाव सजे-सँवरे होने चाहिए। उसे तो मन के गहन गुह्य लोकों में पति के लिए अपने प्रेम का उपहार लेकर जाना है। श्वसुरालय के गुरुजनों के लिए श्रद्धा और छोटों के लिए स्नेह और उदारता के भाव ले जाने हैं।

मन की सुन्दरता ही तो वास्तविक सौन्दर्य है। और शकुन्तला! मेरी बेटी! वह तो तन और मन दोनों से सुन्दर है। उसके तन पर तो कोई भी आभूषण स्वयं शोभायमान होता है। तू तो बिल्कुल चिन्ता मत कर।"

"माँ आप ठीक कहती हैं। मन के सुन्दर होने में ही जीवन का सौन्दर्य है। अभी-अभी मैं पितृपाद के मन के गूढ गहन लोकों की यात्रा कर आ रही हूँ। कितने उदार कितने स्नेहिल भावों से भरे हैं पितृश्री!"

"तुझे आज यह ज्ञात हुआ?"

"नहीं माँ, ज्ञात तो था ही। आज फिर उस रूप का बड़े निकट से साक्षात्कार कर आ रही हूँ मैं। शकुन्तला के गान्धर्व विवाह की सूचना देने उनके पास गयी थी लेकिन संकोचवश उनके समक्ष जाते ही मेरे अधरों से बोल भी न फूट सके। मैं निर्वाक् निश्चेष्ट केवल उस विराट् व्यक्तित्व को देखती रही, उसमें समाती रही। उन्होंने स्वयं मुझसे मेरे संकोच का कारण पूछा। मेरे कुछ कहने से पूर्व ही वे मेरा अभिप्राय समझ गये। उन्होंने मेरी कठिनाई भाँप ली और बोले-"मुझे सब कुछ ज्ञात है, तुझे कुछ भी कहने की आवश्यकता नहीं।"

"फिर क्या हुआ?" व्यग्रता से सुमेधा ने पूछा।

"क्या होता? मैं तो बस रोने लगी। उन्होंने मुझे अपने हृदय से लगा लिया और जाने कितनी देर तक मैं उस निर्मल निश्छल उदार हृदय के आश्रय में सुबकती रही। वे शकुन्तला के इस निर्णय पर अतिशय हर्षित हुए और बोले कि सुशिष्य को दी गयी विद्या के समान शकुन्तला भी योग्य वर को पा चुकी। मेरे हर्ष का पारावार न था। अब तो मेरी आँखों से हर्ष के अश्रु धारासार बरसने लगे। कितना विराट् हृदय है पितृश्री का! वे हमारे जन्मदाता भले न हों किन्तु भाव से इतने परिपूर्ण हैं कि जन्म देने वाले पिता से भी बढ़कर प्रतीत होते हैं।"

"हाँ, इसमें क्या सन्देह? वे तो सबके प्रति इतना ही स्नेह बरसाते हैं। करुणा के महासागर हैं वे। मैं जब अपनी सांसारिक विपत्तियों से आहत होकर अल्पवयस् में इस आश्रम में आयी थी तब उन्होंने ही मुझे सँभाला था। मुझे जीवन का मर्म समझाया मैं तो घोर अन्धकार में थी। तात्त्विक ज्ञान के प्रकाश से उन्होंने ही मेरे मन का अन्धकार दूर किया और आज भी कर रहे हैं।" सुमेधा ने कहा।

इन तीनों का वार्तालाप चल ही रहा था कि प्रियंवदा और अनसूया को खोजता हुआ शारद्वत कुटी के द्वार पर आ खड़ा हुआ। उसके हाथ में एक

पोटली थी। उसे द्वार पर खड़ा देख अनसूया ने कहा–"क्या बात है शारद्वत?"

"दीदी! आप दोनों को ढूँढ़ता हुआ यहाँ आ गया।"

"हाँ हाँ, कहो क्या बात है?"

"यह पितृश्री ने भेजा है।" कहकर उसने प्रियंवदा के हाथ में पोटली थमा दी और लौट गया।

प्रियवंदा ने पोटली खोली तो उसकी आँखे फटी की फटी रह गयीं। "इतने सुन्दर स्वर्णाभूषण!" प्रियंवदा और अनसूया दोनों का विस्मय भरा स्वर था।

सुमेधा मुस्कुरा रही थी। उसे कोई विस्मय न हुआ।

"देख रही हो माँ।" प्रियंवदा ने कहा।

"हाँ हाँ, मैं तो पहले से ही आश्वस्त थी। पितृश्री अपने तपोबल से कुछ भी अलभ्य सुलभ कर लेते हैं। अब जा जिसके स्वर्णिम सौभाग्य की इतनी चर्चा हमलोग कर चुके उसे भी तो बतला दे। वह बेचारी आशा-निराशा के भँवर में डूबती उतराती होगी।" सुमेधा ने दोनों सखियों को विदा किया।

प्रियंवदा और अनसूया पोटली हाथ में लिए अपनी कुटी में लौट आयीं। शकुन्तला भी पौधों को सींचकर खाली कलश लिए कुटी की ओर लौट रही थी। उसे देखते ही प्रियंवदा चहक उठी–"सखी शकुन्तले! तुम्हे तो बस पौधों से ही लाड़ निभाना आता है, हमें तो अब पूछती भी नहीं।"

"छि: ऐसा तो मैं स्वप्न में भी नहीं कर सकती। तुम दोनों के बिना तो मेरी साँस रुक जाये। हर एक साँस पर तुम दोनों का ही नाम लिखा होता है।"

"सखी! लिखा होता था, पर अब तो उन साँसों में हस्तिनापुर के महाराज बसते हैं।"

"प्रियंवदा! तुझे तो बस ठिठोली ही सूझती है।"

"ओह! तो महाराज की चर्चा न करूँ? माना कि वो तुम्हारे हैं। तो इस नाते हमारा भी तो कुछ अधिकार है। जा, महाराज की चर्चा नहीं करूँगी। किन्तु अभी मैं पितृश्री के पास गयी थी, तुम्हारी चर्चा करने।"

"क्या कहा पिताजी ने?'' शकुन्तला ने प्रियंवदा को झिंझोड़ते हुए पूछा।

"तुझे तो ये सब चर्चाएँ अच्छी नहीं लगती। छोड़ो, पिताजी ने कुछ कहा होगा।"

"क्या कहा पिताजी ने? प्रियवंदे तुझे मेरी सौगन्ध है, बता मुझे। मेरा हृदय थम-सा रहा है। इतनी ठिठोली अच्छी नहीं सखी।"

"अरी! क्यों उद्विग्न करती हो प्यारी सखी को?" अनसूया ने कहा।

"शकुन्तले! पिताजी कभी तुम्हारी इच्छा के विरुद्ध गये भी क्या? उन्होंने

सब कुछ तुम्हारे मनोनुकूल ही कहा। वे तो हर्षित हैं इस सम्बन्ध पर। उनका यह भी निर्णय है कि कल तुम्हें हस्तिनापुर के लिए प्रस्थान करना होगा।" प्रियंवदा बोली।

"कल ही!" शकुन्तला कुछ विस्मयमिश्रित हर्ष के स्वर में बोली।

"हाँ।"

"मेरी राजरानी सखी! अब तो मुझसे प्रसन्न हो?"

"ये राजरानी बीच में कहाँ से आ गयी? मैं तो तुम दोनों के हृदय में रहने वाली तुम्हारी सखी हूँ।"

"राजा जिसकी प्रतीक्षा में आँखें बिछाए होगा वह राजरानी न होगी तो क्या होगी?"

"प्रियंवदा तुझसे पार पाना बहुत कठिन है। कभी राजमार्ग तो कभी राजरानी।"

"ठीक ही कहती हूँ सखी। भावों के पुष्प बिखेरते महाराज की चिर तृषित आँखें राजमार्ग पर तुम्हारी राह तकती होंगी। उस प्यासे चातक को स्वाति की बूँद मिल जायेगी। तुझे तेरा चकोर मिल जायेगा।"

"तू तो कविता करने लगी।"

"क्यों न करूँ कविता? कविता भला की जाती है? वह तो भावों का स्वतः स्फूर्त स्पन्दन है। यह क्षण ही मेरे लिए ऐसा है कि भाव स्वतः उमड़े चले आते है। सखी! प्रेम भी तो कविता ही है। वह भी स्वतः स्फूर्त होता है न?"

"हाँ, किन्तु जब वह स्फुरित होता है तो हमारी आत्मा, जो ज्ञान का आधार है, उसे ही कोई चुरा ले जाता है। आत्मविस्मृति के उस क्षण में क्या-क्या होता है, कुछ भी ज्ञान नहीं रहता। केवल आनन्द शेष रह जाता है। कहते हैं योगियों को भी समाधि की अवस्था में परमात्मा के साक्षात्कार में ऐसा ही आनन्द हुआ करता है।"

"हाँ, हाँ। अन्तर इतना ही है कि तू इहलोक के अपने ईश्वर के आनन्द में डूबी है और योगी उस सम्पूर्ण सृष्टि के ईश्वर के आनन्द में।" कहकर प्रियंवदा ने हँसते हुए शकुन्तला को गले से लगा लिया।

"तू तो हँसे-हँसाए बिना नहीं रहती सखी।" कहकर शकुन्तला सिसकने लगी।

"अरे! तो हँसने की बात में रोती क्यों हो? क्या मैंने कुछ कटु वचन तो नहीं कह दिया?"

"नहीं सखी! रोती हूँ कि कल से हस्तिनापुर में तुम जैसी सखी नहीं मिलेगी। कल से तुम दोनों का साथ छूट जायेगा फिर मैं किस तरह रह पाऊँगी।"

शकुन्तला की बात सुनकर प्रियंवदा की आँखें भर आयी और फिर दोनों सखियाँ एक-दूसरे से लिपट गयीं और सुबकने लगीं। प्रियंवदा बोली– सखी! यही वेदना तो मेरे हृदय में भी है लेकिन मैंने अब तक उसे दबाए रखा, लेकिन तुम जैसी सखी से कोई व्यथा, कोई वेदना, कोई आनन्द दबा छिपा रह सकता है भला? कल से मुझे और अनसूया को भी इसी व्यथा का बोझ उठाना है।"

शाम घिर आयी थी। शरत्काल का चन्द्रमा निरभ्र आकाश में उतर आया था। शकुन्तला कुटी के बाहर बैठी उसे एकटक निहार रही थी। शुक्लपक्ष की चतुर्दशी का चाँद कितना सुन्दर! कितना उज्ज्वल! फिर भी अपूर्ण है। कल पूर्णिमा लग जायेगी तो इसका सौन्दर्य भी पूर्णिम हो जायेगा। एक कला के बिना भी कितना श्रीहीन लगता है। जैसे स्त्री के बिना पुरुष। कृष्णपक्ष में जब एक एक कला घटती जाती है तो किस तरह घोर अमावस के अन्धकार में डूब जाता है, यह धवलवदन चन्द्रमा-अपनी ज्योत्स्ना के वियोग में, हताशा के अन्धकार में। प्रेम का प्रकाश न मिले तो मनुष्य भी शनैः शनैः अपनी कलायें खोकर निराशा के घनघोर अमावस में घिर जाता है।

शकुन्तला ने मन ही मन कहा–"हस्तिनापुर का श्रीहीन चन्द्रमा कल उसके पहुँचते ही पूर्णिमा का चाँद बन जायेगा क्योंकि शकुन्तला नाम की अमल-धवल ज्योत्स्ना उसे अपने प्रेमोज्ज्वल प्रकाश से नहला देगी। शकुन्तला चित्त के चित्रपट पर आने वाले कल का चित्र उतारने लगी। मन ही मन उसने कहा–

"न जाने कैसा होगा हस्तिनापुर! कैसा होगा राजप्रासाद! सुना है प्रस्तरखण्डों के पर्वताकार भवन हुआ करते हैं। मृदुल पर्णों पादपों की गोद में रहने वाली शकुन्तला प्रस्तरखण्डों के आश्रय में किस तरह रहेगी? पर, मेरे स्वामी जहाँ रहेंगे वह तो मेरे आनन्द का ही आश्रय होगा। इतने दिनों बाद पता नहीं महाराज कैसे होंगे? मेरे बिना। मेरे आगमन की सूचना पर तो वे द्वार पर दौड़े चले आयेंगे। उनकी व्यग्रता देखी है मैंने।''

चाँद बादलों से घिर गया था। चाँद को मेघों से घिरते देख शकुन्तला सिहर उठी। उसने सोचा कहीं उसके चाँद को कोई विपदा, कोई विषाद का मेघ न घेर ले।

प्रियंवदा शकुन्तला की विदाई की तैयारियों में व्यस्त थी। कुछ कार्यवश

उसे ढूँढ़ते हुए वह कुटी से बाहर निकली तो शकुन्तला को एकाकी बैठे देखा। वह उसके पास आकर बैठ गयी।

"सखी! इस रात्रि में यहाँ बैठकर क्या कर रही हो?"

"कुछ नहीं। बस इस चतुर्दशी के चाँद को देख रही थी।"

"अब चलो भी। कल पूर्णिमा का चाँद देख लेना हस्तिनापुर में।" मुस्कुराते हुए प्रियंवदा बोली।

"प्रियंवदे! देखो न! मैं चाँद की सुन्दरता निहार रही थी तो मेघों ने ढँक लिया उसे।"

"अरे यह तो प्रकृति की लीला है। थोड़ी देर में मेघों से निकलकर चाँद फिर चमक उठेगा। यही तो जीवन की परिभाषा है, कभी हर्ष कभी विषाद, कभी अन्धकार, कभी प्रकाश।"

"भय लगता है सखी! कहीं मेरा चाँद भी मेघों से घिर गया तो मेरे जीवन में तो अन्धकार छा जायेगा।"

"तू हमेशा अन्धकार वाला पक्ष ही क्यों देखती है?"

"क्या करूँ सखी जीवन में प्रकाश से अधिक अन्धकार ही देखा है।"

"अब अन्धकार समाप्त हुआ। ले देख! चाँद भी निकल आया बादलों को हटाकर। अब अन्धकार मन से निकाल सखी! प्रकाश की बातें कर। कल तो आकाश में भी पूर्णिमा और हस्तिनापुर के राजप्रासाद में भी। कल का चन्द्रमा हस्तिनापुर में हर्ष के विशाल पारावार से निकलेगा।"

"प्रियंवदा! मेरी सखी! तुम्हारी जिह्वा पर सरस्वती हों।"

"चलो चलो। तुम्हारे विदाई की तैयारियाँ करनी हैं।" कहकर प्रियंवदा–शकुन्तला का हाथ पकड़े उसे साथ लेकर कुटी की ओर निकल गयी।

12

प्रात:काल हुआ तो चिड़ियों के कण्ठ जगे और तीनों सखियाँ भी। आज की प्रात: वेला अन्य दिनों की अपेक्षा कुछ भिन्न-सी प्रतीत होती थी। आश्रम के वातावरण में भावों से भीगी बयार सखियों के हृदय को भिगोती थी। कुटी में तीनों सखियाँ बैठी थीं। आज शकुन्तला हस्तिनापुर जा रही थी। अनसूया ने वार्तालाप का क्रम शुरू किया–

"आज शरत्पूर्णिमा है। चन्द्रमा से अमृत बरसता है आज।"

प्रियंवदा बोली–"बरसता होगा। पर आज तो चाँद पर भी अमृत बरसने वाला है।"

"सो कैसे?" अनसूया ने प्रश्न किया।

"हस्तिनापुर में।" प्रियंवदा ने कहा और हँस पड़ी। प्रियंवदा की इस बात पर अनसूया भी हँसने लगी और शकुन्तला के अधरों पर मन्दस्मित बिखर गया। आज शकुन्तला हँसने को उद्यत न थी। मन में अपने प्रियतम से मिलने का उत्साह तो था पर सखियों से विलग होने की व्यथा भी थी।

स्नानादि से निवृत्त होकर शकुन्तला ने अपने इष्टदेव की पूजा की और सखियों के निकट आकर बैठ गयी। अनसूया उसके केश सँवारने लगी। प्रियंवदा आश्रम के उद्यान से यूथिका की मीलित कलियाँ ले आयीं और एक सूत्र में गूँथकर उसकी लड़ी शकुन्तला के केशपाश में लगाने लगी। लम्बे-लम्बे केशों की वेणी में जूही की कलियाँ सजाती प्रियंवदा बोली–

"सखी! इन लम्बे काले केशपाश के मेघों में तेरा चाँद छिपा रहेगा। किसी की नजर न लगेगी उसे।"

शकुन्तला कुछ न बोली फफक पड़ी। अनसूया ने उसे सँभाला। अरे! प्रियंवदा ने ठीक ही तो कहा। ऐसे मंगलमय अवसर आँसू नहीं गिराते सखी।"

"प्रियंवदा ने तो मेरे सौभाग्य की ही बात की। मै तो रोती हूँ कि इतना स्नेह लुटाने वाली सखी मुझे फिर कहाँ मिलेगी?"

"दूर हो जाने से स्नेह घटता नहीं, और बढ़ जाता है सखी! भाव भौतिक दूरियों में नहीं बँधा करते। कोई पास रहने वाला भी बहुत दूर हुआ करता है और बहुत दूर रहने वाला हृदय में रहता है।" प्रियंवदा ने कहा, और नीलम-जटित कुण्डल लेकर उसके कानों में पहनाने लगी। एक पत्र पर सिन्दूर रखा था। अनसूया ने कहा–"शकुन्तले इस सौभाग्य सिन्दूर से अपनी सीमन्त भर ले।"

"और इस सूने ललाट पर इसकी एक रक्तिम बिन्दी भी" –प्रियंवदा ने जोड़ा।

किनारों पर सितारे टँके चीनांशुक धारण करने पर शकुन्तला का रूप और खिल उठा। ग्रीवा में उज्ज्वल मोतियों की माला की तरल-छाया उसके मुख को और प्रकाशित कर रही थी। सखियों ने लोध्रपुष्प के पराग से उसके कपोल रंग दिये। गौरवर्ण मृदुल बाहुयुगल में स्वर्णकंकण सजा था। पर्णकुटी में बसने वाला सौन्दर्य आज राजमहल के सौन्दर्य को पराजित कर रहा था।

प्रियंवदा बोली–"शकुन्तले! देखो न! आलक्तक का वर्ण पहले इतना रक्तिम कभी नहीं हुआ करता था। आज कितनी गहराई है इसकी लालिमा में।"

"मेरी सखी ने अपने स्नेह का रंग मिला दिया है न! इसीलिए तो रंग गहरा हो गया।" शकुन्तला ने उत्तर दिया।

"नहीं रे! यह तो वनस्पतियों के रस पर निर्भर है। कभी-कभी यही रंग कितना फीका होता है। जानती हो शकुन्तला महावर के रंग की यह गहराई यह बतलाती है कि महाराज के हृदय में तुम्हारे लिए भी इतना ही गहरा प्रेम है।"

शकुन्तला रुआँसी होकर बोली–"सखी अब तो तेरे इस अमृतझर मुख की ऐसी वाणी से दूर हो जाऊँगी। तुम्हारी ऐसी बातें सुनने को मेरे कान तरसेंगे।"

महावर लगाती प्रियंवदा के आँखों की कोर भींग गयी।

"तनिक सखी की आँखों में अंजन तो लगा दूँ" कहती हुई अनसूया शकुन्तला की आँखों में अंजन लगाने लगी। शकुन्तला का श्रृंगार पूरा हो गया तो दोनों सखियाँ उसे एकटक देखने लगीं। शकुन्तला ने पूछा–"ऐसे क्या देख रही हो?"

"देख रही हूँ कि मेरी सखी कितनी सुन्दर लग रही है। श्रृंगार में कोई कमी तो नहीं रह गयी।" प्रियंवदा बोली।

"नहीं, कोई कमी नहीं। जिसे कोई कमी दिखलाई पड़े, समझना उसकी दृष्टि में ही कमी है। मेरी बेटी का तन और मन दोनों इतना सुन्दर है कि उसके सौन्दर्य से तो श्रृंगार के उपादान स्वयं विभूषित होते हैं।" कहती हुई गौतमी ने कुटी में प्रवेश किया। सुमेधा भी साथ थी।

"ठीक कहती हो दीदी। हमारी बेटी का यह अप्रतिम लावण्य तो श्रृंगार का भी श्रृंगार कर देता है। हस्तिनापुर के भाग्य जग गये समझो।"

नमितनयना शकुन्तला सकुचाती हुई सुमेधा की छाती से लिपट गयी। सुमेधा उसका सिर सहलाते हुए बोली–"मेरी बेटी! आज से तुम्हारे बिना यह आश्रम कितना सूना लगेगा! किन्तु तुम्हारा संसार भरा-पूरा रहे इसके लिए हमें यह शून्यता भी स्वीकार है। तू जहाँ रहे, प्रसन्न रहे हर्षित रहे। तुम्हारे हृदय के हर्ष की अनुगूँज से हमारे हृदय का सूनापन दूर होता रहेगा।"

सुमेधा का यह अपनापन शकुन्तला को द्रवित कर गया। उसकी आँखें गीली हो आयीं। वह बोली–

"मौसी! तुम सभी के लिए तो एक व्यक्ति छूट रहा है, पर मेरे लिए तो पूरा परिवार छूट रहा है।"

"ऐसा नहीं कहते बेटी! यह तुम्हारा घर है। घर कभी छूटता है क्या? महाराज दुष्यन्त के साथ पुरुवंश के प्रदीप को गोद में लेकर तुम पुनः यहाँ आओगी।"

"अब चलो, महर्षि हम सबकी प्रतीक्षा कर रहे है। विलम्ब करना ठीक नहीं क्योंकि सायंकाल तक हमें हस्तिनापुर पहुँच जाना है।" गौतमी ने कहा।

शकुन्तला, उसकी दोनों सखियाँ, सुमेधा और गौतमी सभी कुटी से निकलकर अग्निहोत्रशाला की ओर चलीं। वहाँ कण्व शाङ्र्गरव और शारद्वत के साथ खड़े इनकी प्रतीक्षा कर रहे थे। वहाँ पहुँचने पर कण्व सभी को लेकर अग्निहोत्रगृह में चले गये। वहाँ यज्ञवेदी में समिधाएँ प्रज्वलित थीं। सारे वातावरण में हविष्य की सुगन्ध व्याप्त थी। हवन सम्पन्न हो चुका था। कण्व ने शकुन्तला से कहा–

"वत्से! इधर आ। यहाँ अभी हवन की गयी इस यज्ञवेदी में ये तीनों अग्नियाँ–दक्षिणाग्नि गार्हपत्याग्नि और आहवनीयाग्नि विराजमान हैं। तू इनकी परिक्रमा कर। यज्ञ की ये अग्नियाँ तुम्हारे दुर्भाग्य का दहन कर तुम्हें पवित्र करें। तुम्हारे जीवन का मार्ग इसी हव्यगंध की सुरभि की तरह सुगन्ध से भरा पूरा हो।"

शकुन्तला ने परिक्रमा की और फिर सभी अग्निहोत्रशाला से बाहर निकल आये। शकुन्तला अब अपने पिता कण्व के सामने खड़ी थी। गांधर्व विवाह के पश्चात् शकुन्तला का पिता से पहला साक्षात्कार हो रहा था। उसका हृदय तो पहले से ही विगलित था; पिता को सामने देख मन और द्रवित हो उठा। उदार पिता की भावनाओं ने उसके आँसुओं के द्वार खोल दिये। उसने सिसकते हुए पिता के चरण छुए तो कण्व ने उसे उठाकर वक्ष से लगा लिया–"वत्से!" कण्व का स्वर भी भर्रा गया।

"मैं धर्म और कर्म से संन्यासी ठहरा किन्तु करुणा और वात्सल्य के वशीभूत होकर कभी-कभी गृहस्थ बन जाता हूँ। तुझ जैसी बेटी को विदा करते हुए अनासक्ति का दर्शन भूल जाता हूँ शकुन्तले! संसार और सांसारिकता से मेरा कोई सम्बन्ध नहीं, मैं पूरी तरह अनासक्त संन्यासी हूँ किन्तु तुझमें न जाने कौन सा ईश्वरीय तत्त्व है जो मुझे बाँध लेता है।" कहते हुए कण्व का गला रुँध गया। शकुन्तला के सिर पर हाथ फेरते हुए वे फिर बोले–

"आज तक एक चिड़िया मेरे आँगन में फुदकती गीत गाती, इस आँगन में रस घोलती फिरती थी। उसकी चहचह के बिना आज से आँगन सूना हो जायेगा।"

अनसूया और प्रियंवदा पिता की बातें सुन सिसक उठीं। प्रियंवदा बोली– "पिताजी! आप धैर्य न खोयें। आपके सम्बल से ही हमें धैर्य मिलता है।"

13

गौतमी और सुमेधा अपनी आँखें पोंछतीं चुपचाप खड़ी थीं। वे कुछ कहना चाहती थीं किन्तु कण्ठ अवरुद्ध हो गया था। बहुत प्रयत्न के पश्चात् भर्राए स्वर में गौतमी बोली–

"भगवन्! आप इस तरह व्यग्र न हों। आपकी दशा हमें विचलित करती है।"

शाङ्‌र्गरव और शारद्‌वत चुपचाप खड़े सारा दृश्य देख रहे थे। शकुन्तला के जाने का कष्ट तो उनके हृदय में था ही किन्तु आज अपने अनासक्त गुरु को इस तरह व्यग्र देख वे और भी व्याकुल हो उठे। उन्होंने महर्षि का ऐसा रूप पहले कभी नहीं देखा था।

समय बहुत बलवान् है। एक समय था जब विश्वामित्र की अनासक्ति की कठोर चट्टान मेनका के रूप-यौवन के आकर्षण की तीव्र जलधारा में टूट-टूटकर बिखर गयी थी और एक समय यह है जब महर्षि कण्व की अनासक्ति वात्सल्य की कोमल-धारा में टूटकर बिखर रही है। एक वासना की धारा थी-तीव्र तीक्ष्ण और उत्तेजना से भरी। एक वात्सल्य की धारा है–मृदुल कोमल भावों से भरी।

कण्व ने स्वयं को सँभाला। थोड़ी देर में जब वे प्रकृतिस्थ हुए तो बोले–

"शकुन्तले! बेटियों को दो-दो घर सँवारने होते हैं। आज तक तू पिता के घर की चिन्ता करती आयी। अब तुझे पति का घर सँवारना है। आज से तू हस्तिनापुर के राजपरिवार का प्रधान अंग बन जायेगी। मेरी बेटी! –हस्तिनापुर की राजमहिषी। इसके साथ ही तुम्हारे ऊपर एक बहुत बड़ा उत्तरदायित्व भी आ जायेगा। वत्से! अपने श्वसुरालय में गुरुजनों का आदर करना। उनकी आज्ञा शिरोधार्य करना। तुम्हें तुम्हारी सपत्नियाँ वहाँ मिलेंगी। अपनी सपत्नियों से सखी-सा व्यवहार रखना। अपने परिजनों के प्रति उदार रहना। मेरी बेटी! तू तो स्वयं बुद्धिमती है तुझे मैं क्या कहूँ? किन्तु वत्से! राजतन्त्र के ताने-बाने बड़े जटिल हुआ करते हैं अतएव तुम्हें यह सब कह रहा हूँ। तुम्हारा भाग्य कितना सबल, सुन्दर और स्पृहणीय है। किन्तु पुत्री! राज्योचित सुख भोग को

पाकर कभी अहंकार न करना। इस भाग्य पर इठलाना मत। वत्से! अहंकार व्यक्ति को दृष्टिहीन कर देता है और फिर जीवन के रास्ते पर चलते हुए वह गर्त में भी गिर सकता है। आज से तुम्हारे संरक्षण का भार तुम्हारे पति को सौंपता हूँ। अपने पति के विचारों का सम्मान करना तभी तुम्हें भी सम्मान और स्नेह प्राप्त होगा। वत्से! पति-पत्नी का सम्बन्ध वाणी और अर्थ के सम्बन्ध की तरह संपृक्त है। एक के बिना दूसरे के अस्तित्व की कल्पना ही नहीं की जा सकती। बिना अर्थ के, वाणी निरर्थक है, व्यर्थ है; और बिना वाणी के अर्थ की अभिव्यक्ति नहीं हो सकती। जिस तरह आत्मा को अभिव्यक्त करने के लिए स्थूल शरीर की आवश्यकता होती है उसी तरह शरीर का अस्तित्व आत्मा पर आधारित होता है। बिना आत्मा के शरीर मृत हो जाता है और बिना शरीर के आत्मा स्वयं को प्रकट नहीं कर पाती। बेटी! यह बड़ा ही पवित्र सम्बन्ध है जहाँ कोई दुराव नहीं छिपाव नहीं, कोई बनावटीपन नहीं। जिस तरह भगवान् के समक्ष भक्त के सारे रहस्य प्रकट रहते हैं उसी तरह पति-पत्नी के मध्य कोई रहस्य नहीं हुआ करता। तुझे मैं क्या-क्या समझाये जा रहा हूँ। मेरी निश्छलहृदया पुत्री भला दुराव छिपाव क्या जाने? बनावटीपन क्या जाने? तू तो प्रकृति की बेटी है, प्रकृति की तरह स्वच्छ, सुन्दर, निर्मल हृदय वाली। शर्मिष्ठा ययाति को अतिशय प्रिय थी। तुझे भी शर्मिष्ठा की तरह अपने पति का भरपूर स्नेह मिले। पुरुवंश के चक्रवर्ती पुत्र की माँ बनो यही मेरा अक्षय-आशीष है, तुझे।" कहकर कण्व मौन हो गये।

आगे-आगे कण्व उनके पीछे शाङ्र्गरव और शारद्वत और उनके पीछे गौतमी, शकुन्तला, उसकी सखियाँ और सुमेधा आश्रम के मुख्य द्वार से बाहर निकल रही थीं। आश्रम के द्वार पर आकर शकुन्तला ने एक भरपूर निगाह डाली और फफक पड़ी–

"पितृश्री! यह स्नेह और शान्ति का आश्रय; इन लता वल्लरियों का दुलार-प्यार, इन मृगछौनों का स्नेह सब छूट रहा है पिताजी! पता नहीं यह जीवन दायिनी आश्रयस्थली मुझे फिर कब अपनी गोद में बिठाएगी?"

"शीघ्र ही! मेरी पुत्री! शीघ्र ही!" सुमेधा ने शकुन्तला को सँभाला। "अब तुम एकाकी नहीं; महाराज के साथ पुरुवंश के प्रदीप को गोद लिए यहाँ आना। यह आश्रम, ये सखियाँ, ये लताएँ वल्लरियाँ हम सभी तुम्हारे स्वागत के गीत गायेंगी।''

कण्व शान्त भाव से आगे-आगे चल रहे थे। उन्होंने शाङ्र्गरव और शारद्वत से कहा–"वत्स! मेरी ओर से महाराज दुष्यन्त को सन्देश देते हुए

कहना—हम तो इन्द्रियनिग्रही तपस्यापरायण जन हैं और आप राजवंशकुलोद्भव। प्रकृति के निश्छल निर्मल स्वरूप-सी सुन्दर मेरी बेटी अब आपके संरक्षण में है। इसका हृदय अत्यन्त सरल और निश्छल है। इसकी निश्छलता का ध्यान रखते इसे आप अपनी अन्य रानियों के समान समझेंगे, हुए ऐसी आशा हम आपसे करते हैं। वैसे भी शकुन्तला के प्रति आपका अनिर्वचनीय प्रेम है अतः हमें इससे अधिक और क्या कहना? इसके बाद की बात तो कन्या के भाग्य के अधीन है। उस विषय पर बन्धु-बान्धव का कुछ भी कहना अनुचित है।"

शकुन्तला को विदा करते हुए यह जनसमूह अब ऋषिवर के आश्रम से कुछ दूर आ चुका था। वृक्षों लताओं से घिरे इस ऊँचे-नीचे पर्वत प्रदेश का मार्ग बड़ा घुमावदार था। आश्रम वृक्षों की ओट में छिप गया था। नीरव अरण्य प्रदेश में अब केवल इन यात्रियों के पदचाप की ध्वनि सुनाई पड़ रही थी। चलते-चलते वे ऐसी जगह आ पहुँचे जहाँ से मालिनी को पार कर उन्हें आगे बढ़ना था। यहाँ मालिनी की धारा बिल्कुल विरल थी।

गौतमी ने वातावरण का मौन भंग करते हुए कहा—"ऋषिवर। अब आपलोग लौट जायें। यह तो मोह माया का बन्धन है। कहाँ तक जायेंगे! वैसी भी स्नेही जन किसी जलाशय तक ही विदा देते हैं।"

"ठीक कहती हो गौतमी।" कहकर कण्व ने शकुन्तला की ओर मुँह फेरकर कहा—"वत्से! अब हमें अनुमति दो। गौतमी और ये अनुजद्वय तुम्हारे साथ हस्तिनापुर जायेंगे। हम सभी आश्रम लौटते हैं।"

"क्या प्रियंवदा और अनसूया भी लौट जायेंगी?

"क्या ये मेरे साथ हस्तिनापुर नहीं जायेंगी?" शकुन्तला ने विचलित होकर पूछा।

"नहीं बेटी! ये हस्तिनापुर नहीं जायेंगी। वत्से! जीवन के मार्ग में कुछ मर्यादाएँ हैं। उन्हीं का पालन कर रहा हूँ। इन्हें भी तुम्हारी तरह किन्हीं को सौंपना है। अतः ये यहीं रहें तो उचित होगा।"

सुमेधा! प्रियंवदा! अनसूया! अब शकुन्तला से विदा लो।

"जी पिताजी!" भर्राए स्वर में प्रियंवदा बोली। अनसूया और सुमेधा के मुख से तो स्वर भी न फूटा।

बारी-बारी से गले लगकर सुमेधा, प्रियंवदा और अनसूया ने शकुन्तला को निःशब्द विदाई दी। सब मौन थीं, किन्तु वह निःशब्दता बहुत मुखर थी। अब समूह चार-चार के हिस्से में बँट गया। उधर गौतमी, शकुन्तला, शाङ्र्गरव

और शारद्वत तथा इधर कण्व, सुमेधा, प्रियंवदा और अनसूया। सभी चल रहे थे पर दिशाएँ बदल गयी थीं। शकुन्तला, प्रियंवदा और अनसूया के जीवन में यह पहला क्षण था जब वे एक-दूसरे की विपरीत दिशा में जा रही थीं। बाल्यावस्था से अब तक जो हमेशा एक ही लक्ष्य को लेकर एक ही दिशा में साथ-साथ चला करती थीं आज उनमें एक का लक्ष्य बदल चुका था, उसकी दिशा बदल चुकी थी।

शकुन्तला पीछे मुड़कर देखती। आत्मीय जनों के मन के मध्य आत्मीयता की ऐसी अदृश्य डोर बँधी होती है कि व्यक्ति के दूर होने पर भी हार्दिक तरंगों के सूक्ष्म संकेत मिला करते हैं। जिस क्षण शकुन्तला आँखे फेरती उसी क्षण प्रियंवदा और अनसूया भी मुड़कर देखतीं। उनकी दृष्टि एक-दूसरे से मिल जाती और आत्मीयता की तृषा और बढ़ जाती। मन और व्यग्र हो उठता। यही आसक्ति है जो छुड़ाए नहीं छूटती। जिसकी छूट गयी वह तो मुक्त हो जाता है।

14

मालिनी की धारा निकट आ गयी थी। धारा बिल्कुल विरल थी। नदी की स्वच्छ धारा में छोटे-छोटे शुभ्र शिलाखण्ड स्पष्ट दिखलाई पड़ रहे थे। सभी ने एक-दूसरे का हाथ पकड़कर नदी पार की। मालिनी के इस पार पहुँचकर शकुन्तला स्वर्णिम बालुका राशि पर नदी की ओर मुँह फेरकर बैठ गयी। गौतमी ने देखा तो उसने कुछ नहीं कहा। वह समझ गयी कि शकुन्तला मालिनी से मिल रही है।

जीवन के हर्ष-विषाद सब कुछ मालिनी से बाँटती आयी थी शकुन्तला। प्रियंवदा अनसूया की तरह मालिनी भी उसकी सखी थी—मौन सखी। उसके किनारों पर उछलता कूदता उसका बचपन बीता था। मालिनी की इस धारा की तरलता ने ही उसके यौवन को सँवारा था। कभी उसके जीवन-पथ पर आयी हताशा और निराशा को भी मालिनी की यही धारा बहाकर ले गयी। कितना मौन मूक किन्तु कितना प्राणवंत सम्बन्ध था इस सरिता की धारा से। आज शकुन्तला के जीवन में एक ऐसा ही क्षण आ गया था-उस हर्ष-विषाद की साझीदार मौन सखी से विदा लेने का।

शकुन्तला ने आँखों में आँसू भरकर मालिनी की ओर देखा और बोली— "मेरी प्रिय सखी! तू केवल एक सरिद्धारा नहीं तू तो मेरी जीवनधारा है।

इस शरीर में प्रवहमान रक्त की धारा तुझसे ही बनी है। आज तक सब सुख-दुख तुझसे बाँटती आयी। अब किससे कहूँगी? सखी! समय के आदेश पर सबको चलना पड़ता है। तू स्वयं को देख न! निरंतर चलती रहती है। कल जो बूँद यहाँ थी आज न जाने कहाँ होगी। तुझे छोड़कर जा रही हूँ। अपराधिनी हूँ तुम्हारी। पास न रहने का अपराध कर रही हूँ किन्तु तुझे तो अपने हृदय में लिए जा रही हूँ। मेरे हृदय की धमनियों में तेरी ही तो धारा है सखी। यह सम्बन्ध छूटेगा नहीं, टूटेगा नहीं सखी! हृदय की धमनियों के थमने तक।"

आँखों में आँसू भरकर शकुन्तला ने मालिनी से विदाई ली। चारो जने फिर चल पड़े। चलते-चलते वे अब शक्रावतार तीर्थ में आ पहुँचे थे। वहाँ सरस्वती के किनारे देवदारु वृक्षों की मनोरम पंक्ति शोभायमान थी। श्वेत-शुभ्र प्रस्तरखण्डों से खेलती सरस्वती की धारा की कलकल ध्वनि वीणा बजाती सरस्वती को रूपायित कर देती थी। पर्वतीय क्षेत्रों की सरिद्धारा तीव्र हुआ करती है। सरस्वती की तीव्र धारा में अहर्निश स्नान करते पाषाण खण्ड बड़े चिकने और गोल-गोल हो गये थे। कहीं धारा के किनारे पर्वत की गोद में विशालकाय शिला यूँ बैठी है जैसे एक हवा के झोंके से लुढ़ककर वह सरस्वती की गोद में समा जाये; किन्तु वर्षो-वर्षों से उसी तरह टिकी उस शिला को कोई वायुवेग हिला भी न सका। वह तो टिकी है ईश्वरीय आदेश की प्रतीक्षा में। विराट् प्रकृति के पट पर विद्यमान यह सौन्दर्य ईश्वर की कविता है जिसे जब चाहे जैसे चाहे ईश्वर ही परिवर्तित करता है। कभी नदियाँ समा जाती हैं धरा के गर्भ में और पहाड़ प्रकट हो जाते हैं। कभी पर्वत का अहंकार ध्वस्त हो जाता है और वह शिलाखण्डों में बिखरकर धराशायी हो जाता है। और फिर उसी.शाद्वल श्यामल धरा पर सरस्वती-सी अमृतधारा फूट पड़ती है।

नदी की धारा के ऊपर उड़ती श्वेत बकपंक्ति की छवि यात्रियों को मन्त्रविमोहित कर रही थी। मध्याह्नकालीन सूर्य की रश्मियाँ सरस्वती के सौन्दर्य में श्रीवृद्धि कर रही थीं। चलते-चलते गौतमी, शकुन्तला और वटुकद्वय थोड़े श्रान्त हो चुके थे। तीक्ष्ण धूप में चलते हुए सभी को प्यास भी लग आयी थी। सरस्वती की शीतल धारा को देख उनकी तृषा और वेगवती हो उठी। शकुन्तला बोली-

"माँ! मुझे तो बहुत प्यास लगी है। क्यों न हम सब सरस्वती की धारा के निकट चलें! तृषाशमन भी और तनिक जलाभिषेक भी।"

गौतमी बोली–"वत्से! तेरा तो जन्म ही नदी के तीर पर हुआ है, इसलिए मालिनी हो कि सरस्वती! तुझे सब अपने पास बुलाती हैं। चलो चलें।

उस ऊँची-नीची भूमि पर गौतमी को सहारा देते शाङ्‌र्गरव और शारद्‌वत आगे-आगे चल रहे थे और उनके पीछे-पीछे शकुन्तला। नदी की धारा तक पहुँचने के लिए थोड़ी नीची भूमि पर उतरना था। गौतमी चट्टानों के सिरों को पकड़कर बैठती उठती, नदी की धारा तक पहुँच गयी। पीछे-पीछे शकुन्तला चली आ रही थी। एक स्थान पर शकुन्तला ने शिलाखण्ड के किनारे को पकड़कर जैसे ही नीचे पैर रखा वैसे ही वह शिलाखण्ड टूटकर हाथ में आ गया और उसके पैर लड़खड़ा गये। वह फिसल गयी किन्तु अगले ही क्षण एक दूसरी शिला को उसने अपने हाथों से पकड़ लिया और गिरते-गिरते बची। उसे लड़खड़ाते देख शाङ्‌र्गरव उसकी ओर दौड़ा। उसने अपने हाथ से उसे सहारा दिया।

इस लड़खड़ाहट में शकुन्तला तो सँभल गयी किन्तु उसकी अनामिका से दुष्यन्त की दी हुई मुद्रिका वहीं कहीं गिर गयी। शकुन्तला गौतमी के निकट पहुँची तो उसने पूछा–"चोट तो नहीं आयी बेटी?"

"नहीं माँ! जिस शिलाखण्ड को पकड़कर नीचे उतरना चाहती थी वही टूटकर हाथ में आ गया। थोड़ी लड़खड़ा गयी थी किन्तु कोई कष्ट नहीं।"

"इस पर्वत प्रदेश की शिलाएँ भी तुम्हारी तरह कोमल हैं जो थोड़े से दबाव से ही बिखर जाती हैं।" गौतमी बोली।

"हाँ, माँ। जिस पर विश्वास के साथ हाथ रखा उसी ने धोखा दे दिया।"

शकुन्तला की अनामिका से खिसक चुकी अँगूठी की ओर न उसका ध्यान गया और न शेष तीनों का। वह गिरी नहीं सकुशल उतर आयी, सबका ध्यान इसी पर केन्द्रित था। सबने सरस्वती की धारा में हाथ-पैर धोए; अपनी तृषा शान्त की और फिर यात्रा पर आगे बढ़ गये। चलते-चलते गौतमी ने कहा– "वत्से! पूज्यपाद महर्षि मारीच के आश्रम के निकट हम आ पहुँचे हैं। क्यों न उनका आशीर्वाद लेकर ही हम आगे बढ़ें।"

"माँ! तुमने तो मेरे मन की बात कह दी।" शकुन्तला बोली।

"क्यों शाङ्‌र्गरव! शारद्‌वत!"

"हाँ माँ! यह भी कोई पूछने की बात है। पुण्यलाभ में विचार कैसा? चलो चलें।"

सभी लोग मारीच ऋषि के आश्रम की ओर बढ़ गये। एक ऊँची शिलामय चौरस भूमि पर ऋषि का आश्रम था–तीन ओर पर्वतों से घिरा। आश्रम के

पार्श्व में पुण्यसलिला सरस्वती प्रवहमान थी। यह जलमयी सरस्वती मानो ऋषि के मुख से शब्द ब्रह्म के रूप में आश्रम में प्रकट हुआ करती थी। वटुकवृन्द अपना मध्याह्नकालीन पाठ प्रारम्भ करने वाले थे। 'ईशावास्यमिदं सर्वम्...' की प्रार्थनाध्वनि ने उन चारों का ध्यान आकृष्ट किया। वे सभी आश्रम के भीतर प्रवेश कर चुके थे। प्रार्थना के स्वर सुन शकुन्तला को अपना आश्रम याद हो आया। छोटे-छोटे पर्णकुटीर और उनके मध्य वृक्षों की हरी-भरी पाँत। विस्मित नेत्रों से शकुन्तला आश्रम को निहारने लगी। कहीं अग्निहोत्रशाला दीख रही थी तो कहीं अध्ययन के आस्थानमण्डप।

उसने गौतमी से कहा-"माँ! कितना अपनापन है न यहाँ! अपने ही आश्रम-सा प्रतीत होता है।"

"वत्से! ईर्ष्या-द्वेष, छल-प्रपंच से दूर आश्रम के वातावरण अपूर्व शान्ति के आश्रय हुआ करते हैं। आश्रम की यही विशेषता सबको अपनत्व दिया करती है।"

अभी गौतमी शकुन्तला से बातें कर ही रही थी कि एक कुटी के भीतर से काषायवस्त्रधारी आजानुबाहु तेजोमय व्यक्तित्व प्रकट हुआ। ये महर्षि मारीच थे। गौतमी ने शकुन्तला से कहा-"लो, महर्षि इधर ही आ रहे हैं।"

महर्षि के निकट पहुँचने पर गौतमी ने उनका अभिवादन करते हुए कहा- "महर्षि कण्व की कनीयसी आपके चरणों में प्रणाम निवेदित करती है भगवन्!"

शकुन्तला, शाङ्र्गरव और शारद्वत ने भी उनके चरण स्पर्श किये। महर्षि ने आशीर्वचन कहे और पूछा-

"महर्षि कण्व सकुशल तो हैं?"

"जी भगवन्!" गौतमी ने उत्तर दिया।

"तुमलोग इतनी दूर से थके आये हो, पहले जलग्रहण कर लो फिर तुम्हारा प्रयोजन पूछूँगा।"

गौतमी बोली-"भगवन् का आदेश शिरोधार्य करती हूँ। परन्तु ऋषिवर! आज हम केवल आपके दर्शनार्थ आपसे आशीर्वचन ग्रहण करने आये हैं। यह शकुन्तला है-हमारी पालिता कन्या। आप इसे विशिष्ट आशीर्वाद दें। यह विवाह के पश्चात् आज पहली बार अपने पतिगृह जा रही है। महर्षि कण्व के आदेशानुसार इसे लेकर हमें आज ही हस्तिनापुर पहुँचना है। अतः यहाँ ठहरने से विलम्ब हो सकता है प्रभो! आप हमें अनुमति प्रदान कर कृतार्थ करें।"

मारीच बोले-"महर्षि की कन्या हमारी भी कन्या है।" शकुन्तला

के सिर पर हाथ रख मारीच ने आशीर्वाद के मन्त्र कहे और गौतमी से बोले–"महर्षि कण्व के आदेश में मैं विघ्न नहीं डालना चाहता। तुम सब हस्तिनापुर प्रस्थान करो-शिवास्ते पन्थानः सन्तु।" सभी ने मारीच को प्रणाम कर उनसे विदा ली।

अब आगे का रास्ता पहले की अपेक्षा थोड़ा सुगम था। रास्ते पर ढलान थी। उनके पैरों की शिथिलता कम हुई और पहले की अपेक्षा अधिक तीव्र गति से वे सभी आगे बढ़ने लगे। अब हस्तिनापुर की सीमा आ गयी थी। मार्ग में उन्हें भागीरथी मिली। भागीरथी की उच्छल धारा शिलाखण्डों से लड़ती-झगड़ती मचलती हुई अपना रास्ता तय कर रही थी जिससे सरस श्रुतिमधुर नैसर्गिक संगीत फूटता था। सच है, नदियों की धारा से मधुर संगीत न फूटता; यदि उनकी राहों में पत्थर न होते। कहीं-कहीं भागीरथी की धारा धीर-गम्भीर कण्व की तरह शान्त भाव से बहती। निश्चय ही उस शान्त स्वभाव का कारण उसकी गहराई होती।

सूर्यास्त से बहुत पहले ही वे हस्तिनापुर के नगर में प्रवेश कर चुके थे। राजमार्ग स्वच्छ और सुसज्जित था। मार्ग के दोनों और छायादार वृक्षों की लम्बी पंक्ति थी। हवा से हिलते वृक्षों की पर्णावली के मध्य से झाँकती अस्ताचलगामी सूर्य की किरणें हँसती हुई-सी प्रतीत होती थीं।

निर्जन अरण्य प्रदेश में तो शकुन्तला निरवगुंठन चली आयी। नगर में प्रवेश करते ही गौतमी ने उससे कहा–"अब अवगुंठन डाल लो।" शकुन्तला ने घूँघट काढ़ लिया। घूँघट के भीतर से ही हस्तिनापुर के इस नागर सौन्दर्य को निहारती शकुन्तला अभिभूत थी। राजमार्ग पर शस्त्रास्त्रसज्जित पैदल सैनिक अपने-अपने निर्दिष्ट स्थान पर खड़े थे। कुछ अश्ववार सैनिक बीच-बीच में आ जा रहे थे। हस्तिनापुर के नागरिक बड़ी स्वच्छंदता और निर्भयतापूर्वक राजमार्ग पर आ जा रहे थे। गौतमी का गैरिकवसन आने जाने वालों को आकर्षित करता और वे उसे गौर से निहारते। कदाचित् निकट होने पर अभिवादन भी करते। काषायवस्त्र सम्पूर्ण त्याग का प्रतीक है और त्यागीजन नमस्य हुआ ही करते हैं। राजमार्ग के चत्वरों पर पुष्करिणियों में नीले कमल खिलखिला रहे थे। राजहंसों के जोड़े किलोल करते तैर रहे थे। पुष्करिणी का स्वच्छ निर्मल जल जब सूर्य की किरणों से दमक उठता तो उस प्रकाश में राजहंसों की छवि और निखर उठती। शकुन्तला इस नागर छवि को देख-देख मन्त्र विमोहित-सी थी। उसने मन ही मन सोचा–"महाराज दुष्यन्त का नगर उनके हृदय की तरह ही निर्मल और सुन्दर है।"

अब राजप्रासाद निकट आ गया था। गौतमी ने शकुन्तला से कहा–"वत्से! सामने देखो, तुम्हारा राजमहालय। कितना दिव्य और भव्य!"

वनचारिणी शकुन्तला ने पहली बार राजमहल देखा। वह हैरान थी कि लोग अपने रहने के लिए इतने विशाल भवन बनवाते हैं। वह हैरान थी अपने भाग्य पर-परित्यक्त और निराश्रय शिशु शकुन्तला जीवन यात्रा तय करती हुई आज कैसे पड़ाव पर आ पहुँची थी। चलते-चलते वे सभी प्रासाद के मुख्य द्वार पर आ पहुँचे। गैरिकवसना गौतमी को देख प्रहरी ने हाथ जोड़कर प्रणाम किया और बोला–

"देवी! भृत्य को आदेश करें।"

गौतमी बोली–"भृत्य नहीं, बन्धु। यहाँ इस संसार में कौन भृत्य और कौन स्वामी? यह सब तो सांसारिक वंचनायें हैं। ईश्वर के समक्ष सब समान हैं। बन्धुवर! हम महाराज के दर्शनार्थ आये हैं-महर्षि कण्व के आश्रम से। कृपया यह सन्देश महाराज तक पहुँचा दें।"

प्रहरी उन्हें आदर के साथ प्रासाद के भीतर एक प्रांगण में ले गया। वहाँ दौवारिक को उन्हें सौंपकर वापस चला गया। गौतमी ने देखा कोई चालीस पचास लोग उस प्रांगण में जमा थे। शकुन्तला भी समझ न पायी कि यह भीड़ क्यों यहाँ खड़ी है। दौवारिक उनके आगमन की सूचना देने भीतर चला गया। शकुन्तला ने सोचा कि उसका आगमन सुनकर महाराज तो स्वयं दौड़े चले आयेंगे किन्तु वैसा कुछ हुआ नहीं। यह देख शकुन्तला के मन में कुछ निराशा के भाव उतर आये। उसे पिता कण्व के वचन याद हो आये–"राजतन्त्र के ताने-बाने बड़े जटिल हुआ करते हैं।" उसने सोचा–"पता नहीं महाराज कौन से कार्य में लगे हैं? उनका यहाँ आना सम्भव है उनकी प्रतिष्ठा के प्रतिकूल हो? परन्तु जहाँ पत्नी खड़ी हो सकती हो वहाँ पति के आने में प्रतिकूलता कैसी? उसके सरल हृदय ने उससे प्रश्न किया। महाराज तो वे और लोगों के लिए होंगे; मेरे तो प्रियतम हैं।"

अपने प्रश्नों से उलझती शकुन्तला मौन धारे खड़ी थी। गौतमी ने पास खड़े एक नागरिक से पूछा–"आपलोग यहाँ राजभवन में किसकी प्रतीक्षा कर रहे हैं?"

नागरिक बोला–"न्याय की।"

"मैं कुछ समझी नहीं।" गौतमी ने कहा।

"आज भौमवार है न! आज महाराज अपने न्यायपीठ पर विराजमान होते हैं। हम अपनी समस्याओं के निराकरण के लिए, न्याययाचना के लिए आये हैं।" नागरिक ने उत्तर दिया।

शकुन्तला ने सुना कि महाराज अभी न्यायपीठ पर हैं तो उसके मुख पर प्रसन्नता छा गयी। उसके हृदय ने उससे कहा–"देखा! महाराज दीन-दु:खी जनता की याचना सुन रहे हैं अतएव वे तुम्हारे स्वागतार्थ नहीं आ पाये। प्रजानुरंजन ही तो राजा का प्रधान कर्तव्य है।" अपने हृदय की इस आवाज पर शकुन्तला के मन में घुमड़ते निराशा के बादल छँट गये।

15

भौमवार का दिवस था। हमेशा की तरह हस्तिनापुर का सम्राट् अपने दरबार में न्यायपीठ पर विराजमान था। दौवारिक बारी-बारी से न्याय-याचकों को सम्राट् के सम्मुख ले आता। सम्राट् उनकी समस्या ध्यान से सुनता फिर उसकी तीव्र बुद्धि उसका त्वरित समाधान करती और पीड़ित व्यक्ति प्रसन्न होकर लौटता। इसी क्रम में दौवारिक ने आकर दुष्यन्त को सूचना दी–"महाराज! महर्षि कण्व के आश्रम से कुछ लोग आये हैं। आपके दर्शन करना चाहते हैं।"

"कौन लोग हैं?"

"महाराज! दो ब्रह्मचारी एक प्रौढ़ा संन्यासिनी और उनके साथ एक युवती है।" दौवारिक ने स्पष्ट किया।

"ऋषिकुल के जन अत्यन्त आदरणीय होते हैं। उन्हें सादर लिवा लाओ।"

"जी, महाराज।" दौवारिक अनुमति लेकर चला गया।

थोड़ी देर बाद शाङ्र्गरव, शारद्वत और गौतमी के साथ शकुन्तला दुष्यन्त के दरबार में उपस्थित होती है। गैरिकवसना गौतमी को देख दुष्यन्त ने आसन से खड़े होकर अभिवादन किया। गौतमी के पीछे अवगुंठनवती शकुन्तला और उसके पीछे पीताम्बरधारी शाङ्र्गरव और शारद्वत। दुष्यन्त ने उन्हें आसन प्रदान किया किन्तु वे नहीं बैठीं। गौतमी ने कहा–"हम तो नियमचारिणी हैं, राज्यासन पर नहीं बैठ सकतीं। कुश-आशन और मृगचर्म के अतिरिक्त धरा हमें सर्वदा आसन प्रदान करती है। आप चिन्ता न करें हम आश्रमचारी ऐसे ही ठीक हैं।"

दुष्यन्त ने पूछा–"महर्षि कण्व और उनकी शिष्यमण्डली सकुशल तो है? उनके आश्रम में कोई कठिनाई तो नहीं? कहिए महर्षि का क्या आदेश है?"

"आदेश नहीं राजन्, निवेदन।"

"महर्षिगण आदेश किया करते हैं देवी! निवेदन कैसा?"

"नहीं राजन्! आज महर्षि कण्व का आदेश नहीं, पिता कण्व का निवेदन लेकर आयी हूँ।"

"मैं कुछ समझ नहीं पा रहा।"

"आपकी अर्द्धांगिनी को आपको सौंपने आयी हूँ राजन्। पिता कण्व की ओर से यही निवेदन है।"

"मेरी अर्द्धांगिनी! ऋषिवर के आश्रम में!"

दुष्यन्त के इस विस्मय और रोष मिश्रित स्वर से शकुन्तला का हृदय काँप उठा। सारे सभासद मौन बैठे थे, किन्तु उनके हृदय में भारी हलचल थी यह कौन है जो महाराज की अर्द्धांगिनी होने का दावा कर रही है। और यदि यह सत्य भी है तो महाराज की महारानी इस तरह पाँव-पैदल भरी सभा में।

दुष्यन्त के आश्चर्यमिश्रित स्वर से चकित गौतमी ने कहा–"हाँ आपकी अर्द्धांगिनी शकुन्तला। आप दोनों ने गांधर्व विवाह किया और अब यह आसन्नप्रसवा है अतः महर्षि ने कहा कि यह आपके संरक्षण में ही रहे!"

दुष्यन्त ने कहा–क्षमा कीजिए देवी, आपको कुछ भ्रान्ति हुई है। शकुन्तला नामधेया तो मेरी कोई अर्द्धांगिनी है नहीं। वह भी ऋषि के आश्रम में! नहीं।"

शकुन्तला के हृदय में झंझावात-सा उठा। वह थर-थर काँपने लगी। एक भयानक वैचारिक भूचाल में उसका स्वप्न-प्रासाद धराशायी हो रहा था। उसने सोचा–"यह क्या? जिसे सर्वस्व समर्पण कर दिया उसे मेरा नाम तक स्मरण नहीं! कैसी विडम्बना है!"

तनिक विचलित सी गौतमी ने कहा–

"राजन् व्यक्ति को संसार के सभी लोगों का नाम विस्मृत हो सकता है किन्तु जिसका नाम उसने स्वयं अपने हृदय पर लिख रखा हो भला वह नाम भी विस्मृत हो सकता है कभी? चलिए, मान लेती हूँ कि आपको नाम स्मरण नहीं किन्तु...यह ज्योत्स्नामयी मुखाकृति तो आपको नहीं भूली होगी?" कहकर गौतमी ने शकुन्तला का अवगुंठन हटा दिया।

शकुन्तला की दृष्टि दुष्यन्त की दृष्टि से जा मिली। दुष्यन्त ने आँखें नीची कर लीं। उसके मन में आया कि पराई स्त्री का दर्शन भी अनुचित है। इधर शकुन्तला ने समझा कि दुष्यन्त उसकी दृष्टि में समाये सत्य की चकाचौंध सह नहीं पाया और उसने आँखें झुका ली। दोनों अपनी-अपनी जगह सही थे।

गौतमी बोली–"राजन्! इस मुखाकृति को भी नहीं पहचानते?

"नहीं देवी! मैं न शकुन्तला नाम से परिचित हूँ और न इस नारी मुख से। इन्हें तो मैं पहली बार देख रहा हूँ।"

"राजन्! आपका यह विवेकविहीन विचित्र व्यवहार मुझे कुछ अच्छा प्रतीत नहीं हो रहा है। हमारी इस बेटी से आपने गांधर्व विवाह किया; इससे प्रेम और विश्वास की डोर बाँधी और आज इसे पहचानते भी नहीं? नाम तक नहीं सुना? यह तो घोर अन्याय है राजन्। आप कौन से न्यायपीठ पर बैठे हैं? आप क्या न्याय करते होंगे? आप सत्य को असत्य से कितनी देर तक आवृत रख पायेंगे?"

"भद्रे! सत्यासत्य का विवेक है मुझे। आप जिसे सत्य घोषित कर रही हैं वह तो नितांत असत्य है, उसमें सत्य की कणिका मात्र भी नहीं।"

सारी सभा निर्वाक् बैठी थी। न्यायपीठ पर बैठे उसके महाराज ही अन्याय के घेरे में आ गये थे। अब इसका न्याय कौन करे?

शकुन्तला जो अब तक लज्जा और संकोच के बन्धन से बँधी थी, एकाएक एक झटके से उसने संकोच के सारे बन्धन तोड़ दिये। वैसे भी सत्य कितना भी मृदुल और संकोची हो, अनाचार और अन्याय के समक्ष वह बड़ी कठोरता से प्रस्तुत होता है।

"सत्य, सत्य, सत्य। मैं त्रिकालसत्य कहती हूँ कि मैं देह से मन से और वाणी से केवल आपकी हूँ, नितान्त आपकी।" कहती हुई शकुन्तला का स्वर भर्रा गया।

कठोरहृदय दुष्यन्त ने व्यंग्यपूर्वक कहा–"पुरुषों पर अधिकार करने के लिए नारियों के पास दो बड़े अस्त्र हैं–सौन्दर्य और अश्रुजल।"

दुष्यन्त के कठोर व्यंग्यवचन से क्षुब्ध गौतमी बोली–"राजन्! आपका कोई दोष नहीं। दोष तो उसका है जिसने नारी की काया में रूप और यौवन की लुभावनी सम्पत्ति रख दी; और पुरुष की दृष्टि में भर दी सौन्दर्य की अदम्य तृषा। यही अदम्य पिपासा तो वासना है राजन्। इसे नियन्त्रण में रखने वाले संयमी कहे जाते हैं। जिनका नियन्त्रण छूट जाता है उनके आचरण में सर्वत्र मिथ्या का साम्राज्य होता है। उसी मिथ्या के आवरण से वे अपने अवांछनीय कृत्यों को ढँकने का प्रयास करते हैं।"

गौतमी की इस प्रतिक्रिया से दुष्यन्त तिलमिला उठा। उसने तनिक तीक्ष्ण स्वर में कहा–"भद्रे! तनिक अपने वयस् का तो ध्यान कीजिए। आपको ऐसा मिथ्याचरण शोभा नहीं देता। जिस स्त्री को मैंने देखा तक नहीं, आप उसे मेरी पत्नी कह रही हैं? उस आसन्नप्रसवा के कुकृत्य के लिए मुझे उत्तरदायी बना रही हैं?"

"दुष्यन्त!" गौतमी का स्वर ऊँचा हो गया था। कुकृत्य जैसे बीभत्स शब्द सुनकर उसने राजमर्यादा भंग कर दी–"दुष्यन्त! अपनी वाणी को संयम की परिधि में रखो। तुमने क्या कहा? कुकृत्य? धिक् धिक्! राजसत्ता के मद में मदान्ध होकर छलप्रपंचविहीन मेरी इस सरलहृदय पुत्री से प्रेम के आवरण में ढँकी मिथ्या विश्वास की डोर बाँध ली। उसे अपनी अर्द्धांगिनी कहा और अब अपने प्रेम को कुकृत्य कहते लज्जा नहीं आती?''

आश्रम के परिवेश में पलने बढ़ने वाले शाङ्र्गरव और शारद्वत ने अब तक मातृकल्पा गौतमी के हृदय में विनम्रता, मृदुलता, ममत्व और उदारता ही देखी थी। आज उनका यह रूप देखकर वे विस्मित थे।

गौतमी अपने आवेश में थी–"दुष्यन्त! तुम्हारे और शकुन्तला के गांधर्व विवाह की साक्षी तो मैं हूँ नहीं किन्तु मुझे केवल इतना ज्ञान है कि कण्व की बेटियाँ कभी मिथ्या वचन नहीं कहतीं। धर्मदण्ड्योऽसि राजन्! राजदण्ड भले तुम्हारे अधीन है किन्तु तुम यह भूल गये कि तुम भी धर्मदण्ड के अधीन हो। अधर्माचरण के लिए तुम्हें भी दण्डित होना पड़ेगा। जिस राष्ट्र में नारीत्व इतना लज्जित और प्रताड़ित होता हो वह राष्ट्र विनाश के गर्त में गिर जाता है। स्त्रीत्व का इतना निर्घृण अपमान कदापि क्षम्य नहीं। दुष्यन्त! प्रेम के साथ त्याग और उत्सर्ग जटित होता है। मेरी बेटी ने सर्वस्व उत्सर्ग कर दिया। तुम्हारी प्रतीक्षा में त्याग की मूर्ति बनी बैठी रही पर तुम नहीं आये, और आज जब वह तुमसे अपना दाय माँगने आयी तो तुम इसे पहचानते भी नहीं! यह प्रेम का कौन-सा रूप है? निश्छलता, निर्मलता, त्याग और समर्पण की नींव पर खड़े उस प्रेम को कलंकित मत करो दुष्यन्त! अन्यथा कोई स्त्री किसी पुरुष पर विश्वास नहीं करेगी।"

इतनी देर से शाङ्र्गरव मौन होकर सब कुछ देख रहा था। अब उसके रोष की सीमा अतिक्रान्त हो गयी। वह बोला–"राजन्! आपसे ऐसी आशा न थी। आचारहीनता की कीच में आप इतने भीतर धँसे हैं, यह ज्ञात न था।"

"मैं आचारहीनता की कीच में धँसा हूँ? ब्रह्मचारी! आपकी वाणी में इतनी कठोरता शोभा नहीं देती।"

"और आपका यह कर्म शोभायमान है? आप धर्म से विमुख होना चाहते हैं या महर्षि कण्व का तिरस्कार करना चाहते हैं?"

"आपका अभिप्राय क्या है वटुक?"

"राजन् क्या आप मुझे पहचानते हैं?"

"नहीं।"

"बस! मुझे सब कुछ समझ में आ गया।"

"क्या समझ गये?"

"यही कि आज आपने मिथ्यावाद की शपथ ले रखी है।"

"आप ऐसा कैसे कह सकते हैं?"

"इसलिए कि यदि मेरी बहन से आपने गान्धर्व विवाह किया है यह बात थोड़े समय के लिए मैं मिथ्या मान भी लूँ; क्योंकि मैं इसका साक्षी नहीं; किन्तु आप मुझसे मिले हैं, हमारी आपकी वार्ता भी हुई है यह तो ध्रुव सत्य है। मेरी स्मृति इतनी ऊर्जस्वी है कि मुझे अब भी वह सारा दृश्य, आपसे की गयी बातों की वर्णावली शब्दशः स्मरण है। आपको तो वह मृगशावक भी याद न होगा जिसके प्राण हरने के लिए आप उत्कण्ठ थे।"

"यह सब क्या है ब्रह्मचारी! मृगशावक और उसका प्राणहरण? राजा प्राणों की रक्षा करता है कि उसे हर लेता है?"

"यही तो मैं भी पहली बार देख रहा हूँ। उसी मृगशावक की तरह कोमलहृदय छलप्रपंचविहीन मेरी बहन के प्राण तो आपने हर ही लिए।"

"ब्रह्मचारी! आप इतना भी मिथ्या आरोप न रचें। मेरे चरित्र पर इतनी बड़ी लांछना। मेरे अमात्यवृन्द मेरी सम्पूर्ण प्रजा तो मेरे चरित्र से पूरी तरह परिचित है। आप उनसे पूछ लें।"

"हम भी तो आपकी प्रजा ही हैं राजन्! अश्रु के महासागर में डूबती मेरी इस बहन का मुख तो देखिए। क्या आपको इस में विश्वास और प्रेम की सत्य और निश्छलता की रेखाएँ नहीं दिखलाई पड़तीं?"

"हे वटुक! आप अभी ब्रह्मचर्याश्रम में हैं। आपको स्त्रियों के मायावी रूप का ज्ञान नहीं। वे अपनी माया के आवरण से ढँक कर किसी भी दुर्द्धर्ष असत्य को भी सत्य बना देती हैं।"

दुष्यन्त की इस बात से खीझकर शारद्वत भी मुखर हो उठा—"राजन्! हम ब्रह्मचारी हैं। ब्रह्म का स्वरूप जानते हैं। क्या आपको यह ज्ञात नहीं कि माया को जाने बिना ब्रह्म को कैसे जाना जा सकता है? आप माया और ब्रह्म की व्याख्या न करें। उसे आचार्यों के लिए छोड़ दें। राजा पृथ्वी पर ईश्वर का प्रतिनिधि होता है, यह हमने पढ़ा था किन्तु ऐश्वर्य के मद में डूबकर इतना मायावी हो जाता है यह पहली बार देख रहा हूँ।"

शकुन्तला असहाय-सी मौन धरे खड़ी सब सुन रही थी। अचानक उसे

दुष्यन्त द्वारा भेंट की गयी मुद्रिका की याद हो आयी। उसने तत्काल तीव्र स्वर में कहा–"ठहरिए महाराज! अभी एक और अभिज्ञान शेष है। हमारे आपके विवाह का, प्रेम का सुन्दरतम अभिज्ञान-आपकी नामांकित मुद्रिका।" कहकर शकुन्तला ने अपना दायाँ हाथ ऊपर किया तो अपनी अनामिका को शून्य देखकर वह विचलित हो गयी। अरे! कहाँ गयी वह मुद्रिका? आपने मेरी अनामिका में पहनाई थी और कहा था यह हमारे विवाह का सुन्दरतम अभिज्ञान है।"

"आपने देखा वटुक! यही माया है। मुद्रिका न थी, न है और न होगी। यह सब स्त्रीहृदय की कल्पित गाथाएँ हैं।"

भाग्य ने शकुन्तला को भरी सभा में झूठा बना दिया। वह थर-थर काँपने लगी। पागलों की तरह प्रलाप करती हुई बोली–"हाय! भाग्य की यह कैसी विडम्बना है कि एकमात्र अभिज्ञान भी ठीक समय पर विलुप्त हो गया। हे ईश्वर यह कैसी लीला है तुम्हारी! मृतप्राय शैशव को तुमने क्या इसी दिन के लिए जीवनदान किया था? जिस दिन माँ की गोद छीन ली उसी दिन मृत्यु की गोद में दे दिया होता! इतने ऊँचे पर्वत पर ले जाकर धकेल रहे हो! हा दुष्यन्त! अनाघ्रात, अनाविद्ध, अनाविल, अनागस ये सारे उपमान खो गये? क्यों इतने आभूषण दिये थे तुमने मुझको? छीन लेने के लिए? हाय! जिस हृदय को अमृत का सरोवर समझा था उसमें तो हलाहल भरा है। हा पितृश्री! आप तो त्रिकालद्रष्टा हैं। इस बेटी की दुर्दशा क्या आपसे प्रच्छन्न थी? यदि ज्ञात थी तो आपने हस्तिनापुर भेजा ही क्यों? प्रियंवदे! राजमार्ग के इस छोर पर इतना बड़ा नर्क है तुझे ज्ञात न होगा। अनसूये! चकोर के वेश में गिद्ध बैठा था तुझे क्या पता? हा दैव!"

शकुन्तला की ऐसी करुण अवस्था पर सारी सभा हतप्रभ थी। बहुतों के हृदय में सहानुभूति उमड़ आयी लेकिन राजा के भय से सभी सभासद मौन बैठे रहे। उन्हें कुछ समझ में नहीं आ रहा था। महाराज दुष्यन्त भी धर्म के मार्ग पर चलते प्रतीत होते थे और शकुन्तला की दशा भी उन्हें विचलित करती थी। जब तक मिथ्या के मेघ घिरे रहेंगे सत्य का सूर्य कैसे प्रकट होगा? लेकिन सूर्य कब तक आवृत रहेगा। समय उसे एक न एक दिन अनावृत कर ही देगा।

गौतमी ने शकुन्तला को सान्त्वना दी और बोली–"बेटी! इस पाषाणहृदय के निकट अपने अश्रुजल व्यर्थ न करो। इन पत्थरों पर ऐसे

मोती नहीं लुटाये जाते। चलो यहाँ से चलें।" गौतमी के संकेत पर शाङ्र्गरव और शारद्वत भी वहाँ से चल निकलने को उद्यत हुए तो एक बार फिर जाते-जाते गौतमी ने दुष्यन्त से कहा-"हम तो जा रहे हैं राजन्! लेकिन इतना ध्यान रखना कि ऋषिकुल कभी मिथ्या आचरण नहीं करता। समय इसे निश्चय ही प्रमाणित करेगा किन्तु तब तक बहुत विलम्ब हो चुकेगा और तुम्हें पश्चात्ताप के अतिरिक्त कुछ भी प्राप्त न होगा।" इतना कहकर गौतमी, शकुन्तला और उन दोनों के पीछे-पीछे शाङ्र्गरव और शारद्वत राजप्रासाद से बाहर निकल आये।

शकुन्तला खड़ी होकर एकटक राजप्रासाद को निहारने लगी। उसके मन के महासागर में विचारों की उत्ताल तरंगे हिलोरें ले रही थीं। "इन प्रस्तर के प्रासादों में रहने वालों का हृदय भी क्या पाषाणनिर्मित होता है? इन राजप्रासादों के राजाओं से तो हम पर्णकुटी के रंक ही भले। इतना छल तो नहीं भरा हममें। भावों का संसार बालू की भीत पर खड़ा किया जाता है! छिः। भावों से इतने दरिद्र होते हैं पुरुष! इतना छल होता है पुरुषहृदय में! नहीं, नहीं मेरे पिता कण्व भी तो पुरुष हैं-त्याग, उदारता, निश्छलता की प्रतिमूर्ति। ये राजागण छली होते हैं। भौतिकता की चकाचौंध से अन्धे, भावों से भिखारी। क्या कहा था दुष्यन्त तुमने? स्त्रियाँ वामांगिनी हुआ करती हैं क्योंकि हृदय बायीं ओर होता है और पुरुष स्त्री को हृदय में स्थान देता है। तुम्हारे तो हृदय ही नहीं है दुष्यन्त! अब तो इस 'वाम' शब्द से ही बड़ी घृणा हो गयी। आज विधाता ही वाम हो गया।"

"बेटी! क्या सोच रही हो?" गौतमी के शकुन्तला का ध्यान भंग किया-"कुछ नहीं माँ" भर्राए स्वर में शकुन्तला ने उत्तर दिया और फिर अतीत की स्मृतियों में खो गयी। जिस दिन से उसे अपने जन्म का वृत्तान्त स्पष्ट हुआ था उस दिन से प्रेम और वासना की भिन्नता, उनके रूप और परिणामों को वह खूब समझने लगी थी। आज फिर शकुन्तों से घिरी, पत्रासन पर निःसहाय पड़ी शकुन्तला का चित्र खिंच आया उसके मन में। वासना के खेल ने उसके शैशव को कितना असहाय बना दिया था। आज उसी वासना ने उसके यौवन को लूट लिया। आज भी वह असहाय है। तब तो शकुन्तों का भरोसा था, कण्व जैसे पिता और अभिभावक का भरोसा था। अब तो वह भी नहीं। कठोर धरातल का आधार समझकर जहाँ पैर रखा वह तो जल का तल निकला। डूब गया सर्वस्व।

16

सूर्यास्त हो चुका था किन्तु अभी पूरी तरह अन्धकार व्याप्त नहीं हुआ था। शकुन्तला गौतमी और अपने ब्रह्मचारी भाइयों के साथ हस्तिनापुर के राजप्रासाद के बाहर किंकर्तव्यविमूढ़ खड़ी थी।

गौतमी ने कहा–"वत्से! अब चलो भी। छल-कपट से भरा यह स्थान तुम्हारे योग्य नहीं।''

चारों जने वहाँ से उठकर राजमार्ग पर बढ़ चले, पर उनका कोई लक्ष्य न था। निराश्रय और निरुद्देश्य। चलते-चलते नगर के एक छोर पर देवालय मिला। उन्होंने भीतर प्रवेश किया तो देखा–विशाल प्रांगण और प्रांगण के भीतर मन्दिर के गर्भगृह में महिषासुरमर्दिनी भगवती दुर्गा विराजमान हैं। खड्ग चक्र गदा लिए शोभायमान। आततायियों के संहार को तत्पर। शकुन्तला दौड़कर मन्दिर के द्वार पर पहुँची और भगवती की प्रतिमा के निकट जाकर बैठ गयी। उसने हाथ जोड़कर सिर भूमि से लगा दिया। उसे याद नहीं उस मुद्रा में वह कितनी देर बैठी रही। उसे प्रतीत हुआ कि इस निष्प्राण प्रस्तर प्रतिमा के भीतर दया, माया, करुणा, उदारता का जितना बड़ा संसार है, उसका कणमात्र भी उस प्राणधारी दुष्यन्त के हृदय में नहीं है। वह अर्द्धमूर्च्छित-सी उस पाषाणमयी प्रतिमा से बातें करती रही, अपना दुखड़ा रोती रही। उसे लगा कि माँ ने उसके सिर पर हाथ रखा है, अपनी गोद में बिठाकर दुलार रही है। वह मातृवात्सल्य की स्निग्ध वर्षा में भींग गयी। उसकी व्यथा, उसकी व्यग्रता थोड़ी कम हुई। वह प्रकृतिस्थ हुई तो देखा उसके आस-पास गौतमी शाङ्गरव और शारद्वत उसे घेर कर बैठे हैं।

गौतमी ने कहा–

"वत्से! करुणावरुणालया माँ भगवती दीनार्तपरायणा अनन्यशरणा हैं। इनसे कुछ भी छिपा नहीं। तुम्हारी व्यथा समझती हैं। यही तुम्हें मार्ग दिखलायेंगी।"

रात घिर आयी थी। वातावरण निःस्तब्ध था। देवी के चरणों में प्रज्वलित दीप के लौ का मद्धिम प्रकाश प्रांगण को आलोकित कर रहा था। क्लान्त-श्रान्त वटुकद्वय को नींद आ गयी। गौतमी और शकुन्तला बहुत देर तक बातें करती रही। शकुन्तला की आँखों में नींद न थी। ऐसे वज्रपात के बाद नींद आती भी तो कैसे। नींद का सम्बन्ध केवल शरीर के थके होने से नहीं है। मन की उलझनें नींद को भी प्रवेश का मार्ग नहीं देतीं।

थोड़ी देर में गौतमी भी सो गयी, पर शकुन्तला विचारों के महासागर में डूबती उतराती रही। कहाँ कण्व के आश्रम में मिलने वाला विनम्र और स्नेहिल स्वभाव वाला दुष्यन्त और कहाँ हस्तिनापुर के सिंहासन पर आरूढ़ कपटी पाषाणहृदय दुष्यन्त। कोई सादृश्य नहीं। क्या मनुष्य इतना बदल सकता है? विचारों में डूबती शकुन्तला को नींद आ गयी। उसकी निद्रा के पट पर स्वप्न के दृश्य आ जा रहे थे। वस्तुतः यह निद्रा की अवस्था नहीं है। यह स्वप्नावस्था है। चित्त जब चंचल है, उलझा-उलझा है तो मन के विषय स्वप्नों का रूप लेकर आते हैं। कदाचित् यही स्वप्न उलझनों का समाधान भी दे जाते हैं। स्वप्नावस्था में शकुन्तला ने देखा कि एक सुन्दर-सा आश्रम है जहाँ मृग और सिंह के शावक साथ-साथ खेल रहे हैं। प्रियंवदा और अनसूया की तरह दो सखियाँ हैं, गौतमी की तरह एक माँ है। पिता कण्व की तरह एक ऋषि हैं जो उससे कह रहे हैं-

"पुत्री! यह कालचक्र की गति है। यह चक्र निरन्तर घूम रहा है। आज तुम जिसके द्वार से तिरस्कृत होकर लौट आयी हो, समय उसे तुम्हारे द्वार पर तुम्हारे चरणों में ला खड़ा करेगा। समय सबकी परीक्षा लेता है। आज तुम्हारी परीक्षा की घड़ी है। तू स्वयं को निराश्रित समझती है? समस्त आर्यावर्त को आश्रय देने वाला तो तुम्हारे गर्भ में साँसें ले रहा है। तू तो निराश्रितों का आश्रय बनेगी। चली आ मेरे आश्रम में। यहीं तुम्हारी संतति का आविर्भाव होगा। चली आ मेरी पुत्री।"

शकुन्तला नींद में ही कुछ कहने को उद्यत हुई तो अस्फुट से स्वर उसके अधरों से फूटे और वह जाग गयी। अभी रात्रि का तीसरा प्रहर था। आँखें खोले वह उस स्वप्न पर विचार करने लगी-

"आर्यावर्त को आश्रय देने वाला मेरे गर्भ में है? उन्होंने मुझे अपने आश्रम में बुलाया। इस निराश्रय को आश्रय दिया। कौन थे वे ऋषि?"

शकुन्तला स्वप्न की ग्रन्थियों को खोल रही थी। तब तक गौतमी भी जाग गयी। शकुन्तला ने गौतमी से स्वप्न की सारी कथा कह दी। गौतमी ने कहा-

"वत्से! यह माँ भगवती का आशीर्वाद है, उनकी योजना है। उन्होंने अपनी बेटी को निराश्रय और निःसहाय देखा तो उसकी व्यवस्था की।"

उस देवालय के निःस्तब्ध प्रांगण में उन्हें बातें करते सुन शाङ्र्गरव और शारद्वत भी जाग गये। आकाश में अरुणोदय की लाली बिखर गयी थी। सभी नित्य कृत्य से निवृत्त हो वापस अपने आश्रम लौटने को उद्यत हुए।

शकुन्तला ने माँ भगवती को हाथ जोड़ सिर नवाया और भावों के पुष्प अर्पित कर चल पड़ी।

चारों जने चलते हुए हस्तिनापुर की सीमा पर आ गये थे। कल भी वे इसी तरह यात्रा कर रहे थे; किन्तु कल की यात्रा कितनी उत्कण्ठा और उल्लास भरी थी, हर्ष और आनन्दमिश्रित थी। आज यात्रा की दिशा और दशा दोनों बदल गयी थी। चलते–चलते वे फिर आज मारीच ऋषि के आश्रम के निकट जा पहुँचे।

गौतमी ने देखा कि ऋषिवर स्वयं आश्रम की परिधि से बाहर निकल कर खड़े हैं; मानो किसी की प्रतीक्षा कर रहे हों। निकट पहुँचने पर सबने उनका अभिवादन किया। मारीच बोले–

"शकुन्तले! मैं तुम्हारी ही प्रतीक्षा कर रहा था। आज ब्राह्ममुहूर्त में मैं जब ध्यानस्थ बैठा था तब मुझे सब कुछ ज्ञात हो गया। अब इस अवस्था में तुझे कहीं जाने की आवश्यकता नहीं। जिस तरह तू कण्व की बेटी है उसी तरह मेरी भी। तुम्हारी सन्तान का जन्म इसी आश्रम में होगा। यहाँ तुझे समवयस् सखियाँ भी मिल जायेंगी। जब तक दुष्यन्त तुझे ससम्मान यहाँ से लिवा ले जाने नहीं आता; तू यहीं रहेगी।"

मारीच के इतना कहते ही शकुन्तला को पिछली रात का स्वप्न याद हो आया। आज फिर निराश्रय शकुन्तला को एक और पिता मिल गये थे। जिस दिन माँ ने छोड़ दिया उस दिन कण्व देवदूत बनकर आये थे और आज पति ने त्याग दिया तो मारीच आ गये।

मारीच गौतमी से बोले–"भद्रे! ऋषिवर कण्व को मेरा सन्देश देना और कहना कि शकुन्तला की अवस्था के अनुकूल मैंने उसे यहाँ रोकने का निर्णय लिया है।"

"जी भगवन्! जैसा आपका आदेश।" कहकर गौतमी ने शकुन्तला की ओर देखा और बोली–"बेटी! ऋषिवर ठीक ही कह रहे हैं। उतनी दूर चलकर जाना तुम्हारे स्वास्थ्य के अनुकूल नहीं होगा। मैं शाङ्र्गरव और शारद्वत के साथ लौट जाऊँगी।"

"जैसा आपलोग ठीक समझें। जीवन में अपने हिताहित का विवेक तो मुझे अब रहा नहीं। मेरे पहले निर्णय ने ही मेरी विवेकहीनता प्रमाणित कर दी।" शकुन्तला ने कहा।

मारीच शकुन्तला को लेकर अपनी कुटी में आये। उनकी धर्मपत्नी अदिति ने शकुन्तला की अवस्था देखी तो बड़े प्यार से उसे थाम लिया। शकुन्तला को लगा जैसे फिर गौतमी जैसी माँ मिल गयी। मारीच अदिति से बोले–

"यह शकुन्तला है। हम सबकी पुत्री।"

"बहुत प्यारी है हमारी बेटी!" उसका मुख चूमते हुए अदिति ने कहा।

"मैं तुम्हारे लिए फल लेकर आती हूँ।" कहकर अदिति कुटी से बाहर निकल गयी।

मारीच ने एकान्त में अदिति को सारा वृत्तान्त स्पष्ट कर दिया। अदिति ने शकुन्तला का हृदयविदारक वृत्तान्त सुना तो उसके हृदय में उसके लिए और भी अधिक स्नेह उमड़ आया।

अदिति के स्नेह-सत्कार से शकुन्तला के चोट खाये हृदय को बहुत सम्बल मिला। अदिति और शकुन्तला आपस में बातें कर रही थीं तभी दो युवतियाँ वहाँ आयीं। शकुन्तला को देख वे प्रश्न की मुद्रा में खड़ी थीं। अदिति उनके मन के भाव समझ गयी और उनसे बोली-"यह शकुन्तला है, तुम दोनों की बड़ी बहन। इसकी देखभाल का दायित्व मैं तुम दोनों को ही सौंपती हूँ। और शकुन्तला! ये है सुकन्या और ये मैत्रेयी तुम्हारी छोटी बहनें, तुम्हारी सखियाँ, तुम्हारी भावनाओं की साझीदार।"

"हमें अपनी बड़ी बहन के साथ रहने में बहुत प्रसन्नता होगी।" सुकन्या और मैत्रेयी ने समवेत स्वर में कहा।

शकुन्तला ने उन दोनों में प्रियंवदा और अनसूया की छवि देखी। वही निश्छलता; वही प्रेम, वही अपनापन। शकुन्तला ने दोनों को हृदय से लगाया और कहा-

"मेरी सखियाँ! अब मेरा यह जीवन तुम सभी के भरोसे है। माँ ने इतना ममत्व दिया और तुमलोगों ने इतना आदर और स्नेह। मैं तो अभिभूत हूँ भावों के इस सत्कार से। देखो न! मैं तो तुम्हारी ही तरह फूलों और लताओं के आश्रय में पली-बढ़ी आश्रम की ही रहने वाली हूँ। आश्रम ही मेरे लिए सुख-शान्ति और हर्ष का आश्रय रहा। जीवन के मार्ग में न जाने क्यों बीच में पत्थर का राजमहल आ गया। और सखी! वह पत्थर का महल तो सचमुच पत्थर निकला! उसके चोट की टीस इतनी गहरी है कि सम्भवत: जीवन भर न भूल सकूँ। तुम सब मिल गयीं तो व्यथित हृदय को तनिक प्राणवायु मिली।"

"दीदी! आप से मिलकर हम दोनों भी आत्मीयता के स्निग्ध भावों से भीग चुकी हैं। ऐसा लग रहा है जैसे वर्षों पुरानी पहचान है हमारी। आप बिल्कुल चिन्ता न करें। हम तो बड़ी उत्कण्ठा से प्रतीक्षारत हैं कि कब वह उत्सव का दिन आयेगा और आपकी गोद हरी होगी। हम बधाइयाँ गायेंगी, नृत्य करेंगी।" सुकन्या ने कहा।

शकुन्तला के हृदय में तिरस्कार का शल्य तो भीतर तक धँसा था किन्तु इस स्नेहिल वातावरण में उसकी वेदना थोड़ी कम हो गयी। आश्रम के निश्छल वातावरण में पली बढ़ी शकुन्तला ने स्वार्थ से भरे संसार को निकट से देखा। उसे घृणा हो आयी इस संसार से। उसने मन ही मन कहा–"ऐसे प्रपंच भरे लोक में रहने से तो न रहना ही अच्छा।" किन्तु, अपने गर्भस्थ शिशु का ध्यान आते ही वह काँप उठी। जिसे ईश्वर संसार में भेजना चाहता है उसके प्राण लेने का उसे क्या अधिकार है? अन्ततः वही गर्भस्थ शिशु उसके प्राणों का सम्बल बना। उसने जीवन का नया अध्याय आरम्भ किया।

17

न जाने हस्तिनापुर में कितने ही भौमवार आये। कितनों को न्याय मिला पर न्यायाधीश की अर्द्धांगिनी अन्याय की कीच में पड़ी रही। आज फिर भौमवार को दुष्यन्त अपने न्यायपीठ पर विराजमान था। हमेशा की तरह आज भी प्रांगण में न्याययाचकों की भीड़ जमा थी। दौवारिक क्रम से उन लोगों को राजा के सम्मुख प्रस्तुत करता।

मध्याह्न होते-होते सभी न्यायार्थी अपना अपना समाधान लेकर जा चुके थे। इसी समय एक मछुआरा आया। दौवारिक उसे लेकर दुष्यन्त के समक्ष आया। मछुआरा कुछ भयभीत-सा था। उसने काँपते स्वर में अपना परिचय दिया–

"अन्नदाता! मैं आपके राज्य का एक धीवर हूँ। मत्स्यपालन मेरी आजीविका है।"

"ठीक है, अब अपनी व्यथा कहो। किसने तुम्हारे साथ अन्याय किया है?"

"किसी ने कोई अन्याय नहीं किया है महाराज।"

"तब यहाँ क्यों आये? यह तो न्याय-याचकों का स्थान है।"

"महाराज! मैं एक सत्य कहना चाहता था परन्तु आपके सिपाहियों ने मेरा विश्वास नहीं किया और वे मुझ पर चोरी का आरोप लगाने लगे। अतएव मैं उनके नियन्त्रण से छूटकर भागा-भागा आपके समक्ष उपस्थित हुआ हूँ। महाराज! मैं बहुत भयभीत हूँ। आप अभयदान दें तो मैं अपनी बात रखूँ।"

"तुम निर्भयता पूर्वक अपना पक्ष प्रस्तुत करो। मैं तुम्हें अभयदान देता हूँ।"

"मछुआरे ने चैन की साँस ली और कहा–"महाराज! मैं शक्रावतार तीर्थ

में मछली पकड़ने गया हुआ था। प्रतिदिन की तरह मैं अपना जाल लेकर सरस्वती की धारा की ओर बढ़ रहा था। तट पर फैली बालुकाराशि पर चलते हुए मेरी आँखों में अचानक किसी वस्तु की चकाचौंध समा गयी। मैंने पुनः उस ओर दृष्टि डाली तो फिर उस धवल बालुकाराशि में वह चमकती हुई वस्तु दिखलाई पड़ी। मैने निकट आकर देखा तो वह एक स्वर्णमय मुद्रिका थी...।"

"तो इसके लिए इतने भयभीत क्यों थे?" दुष्यन्त ने बीच में टोका।

"नहीं महाराज! आप पूरी बात तो सुन लें। उस अँगूठी पर आपका नाम अंकित था। मैंने अँगूठी तो उठा ली पर सोचा कि यह राजमुद्रिका है अतः आपको सौंप दूँगा। मैं इसे सौंपने के लिए ही यहाँ आ रहा था किन्तु आपके सिपाहियों ने मेरे हाथ में राजमुद्रिका देखी तो मुझपर चोरी का आरोप मढ़ने लगे। मैं उनसे किसी तरह छूटकर आपके पास पहुँचा। मैंने सारी घटना सच-सच कह दी है महाराज! अब आप ही न्याय करें।

"कहाँ है वह मुद्रिका?" कहते हुए दुष्यन्त को जैसे कुछ याद हो आया हो। मछुआरे ने अपने वस्त्र के छोर से बँधी दुष्यन्त की वह नामांकित मुद्रिका निकाल कर दुष्यन्त की हथेली पर रख दी। अँगूठी को देखते ही दुष्यन्त को लगा जैसे एक साथ सौ बिच्छुओं ने डंक मारा। वह विचलित हो गया। मुँह से अस्फुट-से स्वर निकले। वह मूर्च्छित हो गया।

सभासद कुछ समझ न पाये। अमात्यगण दौड़े। राजवैद्य को बुलाया गया। चिकित्सा हुई। थोड़ी देर में दुष्यन्त की मूर्च्छा भंग हुई। उसने देखा कि वह अपने शयन कक्ष में है। राजवैद्य पास खड़े हैं। वसुमती उसके निकट बैठी है।

"चित्त प्रसन्न तो है राजन्!" राजवैद्य ने पूछा।

"जी।" दुष्यन्त ने छोटा-सा उत्तर दिया और वसुमती की ओर उसकी दृष्टि चली गयी।

राजवैद्य औषध देकर चले गये। वसुमती ने दुष्यन्त से पूछा-"मूर्च्छा का कारण क्या है महाराज! मैंने सुना कि धीवर ने जैसे ही मुद्रिका आपके करतल पर रखी उसी समय आप मूर्च्छित हो गये। कहीं कोई षडयन्त्र तो नहीं? वह मुद्रिका विष बुझी तो नहीं थी?"

"नहीं महारानी, नहीं! उस धीवर का कोई दोष नहीं। उस मुद्रिका का कोई दोष नहीं। सारा दोष मेरा है। अपराधी हूँ मैं। घोर अन्यायी हूँ।" कहकर दुष्यन्त रुआँसा हो गया।

"क्या बात है महाराज? आप इतनी ग्लानि इतने पश्चात्ताप में क्यों डूबे हैं? आपको इतना व्यग्र और व्यथित मैंने कभी नहीं देखा।"

"महारानी! मैं अपराधी हूँ। मैंने अपराध किया है।"

"कौन-सा अपराध?"

"शकुन्तला के परित्याग का।"

"पर वह तो आपकी थी ही नहीं। फिर परित्याग कैसा?"

"यही तो मैं भी समझता था महारानी! किन्तु अपनी इस नामांकित मुद्रिका को देखते ही पाँच वर्ष पुराना वृत्तान्त मेरी आँखों के सामने चित्रपट की तरह स्पष्टत: प्रकट हो गया। यह मुद्रिका मैंने स्वयं उसकी अनामिका में पहनाई थी, और यह कहा था कि यह हमारे विवाह का सुन्दरतम अभिज्ञान है। जीवन की इतनी बड़ी घटना मेरी स्मृति से कैसे विलुप्त हो गयी? मुझे स्वयं आश्चर्य है। कौन विश्वास करेगा मेरे इस स्मृतिलोप पर? सम्भवत: आप भी नहीं।"

"आश्चर्य तो मुझे भी हो रहा है महाराज, किन्तु यदि यही सत्य है तब तो बहुत बुरा हुआ। भरी सभा में इतना तिरस्कार! इतना लांछन! पर आपने ऐसा किया ही क्यों महाराज?"

"महारानी! आप तो मेरा विश्वास कीजिए। मेरी स्मृति उस समय ठीक होती, मुझे सब कुछ ज्ञात होता तो मैं अपमान करता? क्या मेरा हृदय इतना कपटी है? कठोर है? कम से कम आप तो मेरे अन्तस्तल से परिचित हैं।"

"बड़ी अनोखी बात हो गयी महाराज! कोई व्यक्ति विवाह करे और भूल जाये यह बात गले नहीं उतरती। मुझे आप पर पूरा विश्वास है पर मेरे अतिरिक्त कोई भी विश्वास नहीं करेगा। यदि आप मेरी ओर से सशंकित हैं तो मैं उसका निवारण किये देती हूँ। आपने उनसे विवाह किया है महाराज, अत: सर्वथा उचित यह होगा कि आप उन्हें ढूँढ़कर ससम्मान ले आयें। उनका अधिकार उन्हें दें। मैं उन्हें अपनी बहन की तरह स्नेह और सम्मान दूँगी।"

"दुष्यन्त बच्चों की तरह बिलखने लगा–"हा शकुन्तले! इस अन्यायी को कभी क्षमा न करना। मैं तुमसे किस मुँह से क्षमा माँगूँ? मेरा अपराध इतना बड़ा है जिसके लिए कोई क्षमा नहीं बनी।"

उदासी के मेघ अहर्निश दुष्यन्त को घेरे रहते। अब तो भौमवार आते और चले जाते, हस्तिनापुर के राजदरबार में कोई हलचल नहीं। न्यायपीठ सूना हो गया था। ग्लानिवश दुष्यन्त ने न्यायासन पर बैठना छोड़ दिया था। उसका मन कहता कि जिसने इतना बड़ा अन्याय किया हो भला उसे धर्मासन पर बैठने का क्या अधिकार? उसका अधिकांश समय एकान्त में बीतता। लोगों का संग-साहचर्य अब उसे नहीं भाता। कभी-कभी उसका सारथि और मित्र माधव ही उसके एकान्त को भंग करता।

एक दिन एकान्त में बैठा दुष्यन्त चित्रपट पर शकुन्तला का चित्र बना रहा था। अब शकुन्तला से मिलन का यही एक उपाय वह अपनाता। चित्र पूरा बन चुका तभी उसी समय माधव आ गया।

माधव ने कहा–

"अभी इस चित्र में थोड़ी कमी है महाराज! क्या मैं इसे पूरा करूँ?

"कमी तो रहेगी माधव। भला मुझ जैसे हृदयहीन की रचना में शकुन्तला का सम्पूर्ण सौन्दर्य कैसे समा सकता है? मैं तो उसके निश्छल हृदय को ही नहीं पढ़ पाया तो किस तरह उसे अपनी कला में उतार पाऊँगा?"

"नहीं महाराज! उनके सौन्दर्य के चित्रण में कोई कमी नहीं है।"

"फिर कमी क्या है?"

"महाराज! आपने तो उनका सौन्दर्य निहारा और मैं; आश्रम के बाहर बैठा प्रकृति का सौन्दर्य निहार रहा था। मैं चाहता हूँ कि इस चित्र में वह सौन्दर्य भी चित्रित हो।"

"हाँ बिल्कुल! प्रकृति की बेटी का लावण्य बिना प्रकृति के सौन्दर्य के अधूरा रह जायेगा।"

"जी महाराज" कहकर माधव रंग और तूलिका लेकर बैठ गया। एक प्रहर बीत गया। माधव ने दुष्यन्त से कहा–"महाराज चित्र पूरा हो गया।"

दुष्यन्त ने देखा कि चित्र में मालिनी नदी की धारा है। पर्वतों की तुषारमण्डित शृंखलाएँ हैं। कहीं मृगछौना दौड़ता दीख रहा है। एक स्थान पर मृगों का एक जोड़ा खड़ा है। मृगी मृग के सींग से अपनी आँखें खुजला रही है और मृग शान्तभाव से मूर्तिवत् खड़ा है। दुष्यन्त ने बड़े ध्यान से पूरा चित्र देखा और माधव से कहा–

"सचमुच! माधव तूने चित्र पूरा कर दिया। पर, इस मृगी को इतनी आपदा में क्यों डाल दिया? यदि मृग थोड़ा भी हिला डुला तो उसकी तीक्ष्ण सींग से तो मृगी की आँख ही फूट जायेगी। ऐसा चित्रण तुमने क्यों किया।"

"महाराज! यह मृग और मृगी का चित्र नहीं है। यह तो हृदयों के पारस्परिक विश्वास और प्रेम का चित्र है। आँख जैसा कोमल और सींग जैसा तीक्ष्ण और कठोर अंग–भला दोनों में क्या साम्य? लेकिन मृगी का विश्वास अपने मृग पर इतना दृढ है कि वह जानती है उन तीक्ष्ण और कठोर सींगों से आँखें खुजलाना भी बिल्कुल निरापद है। यही विश्वास दो हृदयों को विपरीत परिस्थितियों में भी जोड़े रखता है।"

"विश्वास की बात मत करो माधव। न जाने किस अभिशाप ने मेरा

विवेक हर लिया कि मैंने उस निश्छल निर्मल हृदय के दृढ़ विश्वास की डोर को अविश्वास और तिरस्कार की असिधारा से काट डाला। मैं हत्यारा हूँ माधव! मैंने विश्वास की हत्या की है।"

"महाराज मेरा उद्देश्य आपको व्यथित करना न था।"

"नहीं, तुमने तो ठीक ही किया जो विश्वास का ऐसा चित्र बनाया। मुझे जैसे विवेकशून्य का कुछ तो विवेक जगेगा।"

"ऐसा न कहिए महाराज! आप दोहरे कष्ट में हैं। एक तो अपने कृत्य की ग्लानि और दूसरा उनके विरह की व्यथा। दोनों शल्य आपके हृदय को विदीर्ण कर रहे हैं।"

"शकुन्तला जहाँ भी हो ढूँढ़कर लाओ माधव! वह जब तक मुझे क्षमा न कर दे, मैं इसी तरह ग्लानि, पश्चात्ताप और विरह की ज्वाला में जल-जलकर मर जाऊँगा।"

"महाराज! आप इतने व्यग्र न हों।" माधव ने कहा।

दुष्यन्त मौन हो गया था। उसने चुपचाप उस चित्रपट पर अपनी आँखें गड़ा दीं। शकुन्तला के मुख पर तैरती मन्दस्मित की रेखा को निहारते दुष्यन्त को प्रतीत हुआ कि शकुन्तला उसकी विवेकहीनता, उसके कपट पर हँस रही है। दुष्यन्त के हृदय में शूल-सा उठा। वह चित्रपट की शकुन्तला से भी आँखें न मिला सका। उसने आँखें फेर ली। जब मनुष्य का विवेक मर जाता है तो उसका एक-एक निर्णय जीवन में आपदाओं के झंझावात सिरजता है, और उन झंझावातों में सारा जीवन बिखर जाता है। दुष्यन्त की भी यही दशा थी।

18

शकुन्तला के अन्धकारमय जीवन में आज बहुत दिनों के बाद हर्ष का दीपक प्रज्वलित हो उठा था। पुरुवंश का राजकुमार जन्म ले चुका था। महर्षि मारीच की पत्नी शकुन्तला के सिरहाने बैठी उसके सिर पर हाथ फेरती उसे माँ का स्नेहिल स्पर्श दे रही थी। सुकन्या और मैत्रेयी प्रसन्न मुद्रा में शकुन्तला की शय्या के निकट बैठीं मंगल गीत गा रही थीं। शय्यासीन शकुन्तला अपने नवागत शिशु को अपलक निहार रही थी।

अदिति ने शकुन्तला का सिर सहलाते हुए कहा–

"बेटी! तुम्हारे तिमिराच्छन्न संसार में आशा की किरणें लेकर आया है तुम्हारा पुत्र। एक स्त्री के लिए इस संसार में इससे बड़ा सुख नहीं। मातृत्व स्त्री का सुन्दरतम आभूषण है। मातृत्व की प्राप्ति उसे मनुष्य से देवता बना देती है। प्रसव–पीड़ा, पीड़ा की संज्ञा पाकर भी कितनी सुखद, कितनी स्पृहणीय होती है और मातृत्वहीनता की पीड़ा कितनी दु:खद कितनी वेदनामयी!"

"माँ! आप सबके स्नेह ने मेरे जीवन के इस क्षण को उत्सवमय बना दिया है अन्यथा इस निराश्रिता के जीवन का अन्धकार और घना होता। देखिए न! कैसी विडम्बना है! राजकुमार को राजप्रासाद में जन्म लेना था; और वह पर्णकुटी में जन्मा है। किन्तु, मुझे सन्तोष है कि पत्थर के कठोर क्रोड में रहने से तो अच्छा है कि इसे मृदुल पर्णावली की शय्या मिली है। यह मेरा बेटा अधिक है माँ! दुष्यन्त का कम। क्योंकि मैंने भी पर्णशय्या पर आँखें खोली थीं और इसने भी। किन्तु दोनों में बहुत अन्तर भी है। मैं स्नेहविरहित, परित्यक्त, असहाय और एकाकी थी किन्तु मेरे पुत्र का भाग्य कितना उज्ज्वल है जिसके चारों ओर स्नेह और आशीष की छाया है।"

"शकुन्तले! तेजस्विता पर्णशय्या पर जन्म ले या राजप्रासाद के पर्यंक पर; वह अपनी विजययात्रा का मार्ग ढूँढ़ ही लेता है। तुम देखना इस बालक की तेजस्विता एक दिन इसके पिता को खींच लायेगी।"

"हाँ दीदी! मेरा हृदय भी कह रहा है कि महाराज दुष्यन्त को एक न एक दिन यहाँ आना ही पड़ेगा। उनके राजवंश का यह प्रदीप उन्हें मार्ग दिखलायेगा।" सुकन्या बोली।

वार्तालाप में सम्मिलित होती हुई मैत्रेयी ने कहा–

"सुकन्या ठीक कहती है दीदी। तुम्हारा विश्वास, तुम्हारा प्रेम और उत्सर्ग एक न एक दिन साकार होकर रहेगा। यह बालक उसी आशा की प्रथम किरण है।"

महर्षि मारीच के आश्रम में परिजनों से घिरी शकुन्तला के जीवन का यह भी एक अत्यन्त आनन्दमय क्षण था। एक ओर माँ बन जाने की प्रसन्नता और दूसरे इन प्रियजनों की मंगल कामनाओं से उसके हताश हृदय में आशा कि किरण फूटती थी कि दुष्यन्त एक न एक दिन यहाँ अवश्य आयेगा। आज पुत्रजन्म के मधुमय क्षणों में भी उसके हृदय में हूक–सी उठती–यदि दुष्यन्त आज यहाँ होता तो प्रश्नवाचक संसार को वह उत्तर दे पाती। उसके चरित्र पर अगाध विश्वास रखने वाले प्रियजन परिजनों का विश्वास और दृढ़ हो जाता।

सद्यः प्रसूत बालक आँखें खोले इस नये संसार को निहार रहा था। गुलाब की कोमल पंखुड़ियों की तरह कोमल और गुलाबी शरीर वाला वह बालक सचमुच शकुन्तला की शुष्क म्लान मनोवाटिका का फूल ही तो था। घुंघराले काले बालों की लटें उस गौरवर्ण मुख को और अधिक गोरा बना रही थीं। कभी-कभी हवा के मन्द झोंकों से उसके बालों की लटें मुख पर आ जातीं। शकुन्तला उन्हें मुख पर से हटा देती। कभी-कभी रुदन के स्वर में उसकी किलकारी उस कुटी के वातावरण को एक नये स्वर से स्वरित कर देती। कभी वह शान्तभाव से निस्पंद होकर इस नये संसार को निहारता। पता नहीं अपनी नीली-नीली आँखों में वह संसार के कौन से रहस्य बन्द कर लेना चाहता था। चारों ओर जिज्ञासु और चंचल दृष्टि डाल रहा होता। बाल मन जन्म से ही जिज्ञासु हुआ करता है। प्रायः वह अपने सारे प्रश्न आँखों की भाषा में ही करता है और उत्तर का मौन आकलन कर सन्तुष्ट भी हो जाता है। रुदन ही बाल-मन की एकमात्र वाचिक अभिव्यक्ति है। यदा-कदा उसके प्रश्न वाणी के इस रुप में भी प्रकट होते हैं जिसे संसार समझे न समझे माँएँ समझ जाती हैं। उस कुटी में चल रहे मंगलगीत के स्वरों ने जैसे उसे थपकियाँ दे दीं। उसे नींद आ गयी। पलकों के द्वार बन्द हो गये। शिशुओं के पलकों को न खुलते देर न बन्द होते। शकुन्तला इस अनिर्वचनीय छवि को निहार-निहार धन्य हो जाती।

19

पाँच वर्ष बीत गये पर दुष्यन्त शकुन्तला के विरह से उपजे खालीपन से उबर न सका। वसुमती के हजारों प्रयत्नों के बाद भी दुष्यन्त अब पहले वाला दुष्यन्त न रहा। उसे न राजकाज में रुचि रही न उत्सवों में। राजकाज अधिकांशतः महामात्य के भरोसे चलता।

उस राजमुद्रिका ने पुनः प्रकट होकर शकुन्तला की खोयी स्मृतियाँ तो जगा दीं किन्तु तब तक बहुत विलम्ब हो चुका था। वर्षों पुराना गौतमी का तीक्ष्ण स्वर दुष्यन्त के कानों से अब भी टकराता था–"हम तो जा रहे हैं राजन् किन्तु इतना ध्यान रखना कि ऋषिकुल कभी मिथ्या आचरण नहीं करता। समय इसे निश्चय ही प्रमाणित करेगा किन्तु तब तक बहुत विलम्ब हो चुकेगा।"

दुष्यन्त खीझ उठता अपने आप पर–

"कहाँ चली गयी थी मेरी मति? मेरी आँखों पर कौन–सा आवरण पड़ा था? इतना घोर अन्याय! धिक्कार है मुझे।"

जो राजमुद्रिका कभी दुष्यन्त के विरह में शकुन्तला का सम्बल बनती थी आज वह शकुन्तला के विरह में दुष्यन्त का आधार बनी थी। उसे देख–देख कर दुष्यन्त जीने की ऊर्जा प्राप्त करता था क्योंकि उस पर दृष्टि डालते ही पूरी शकुन्तला उसके सामने जैसे आ खड़ी होती। अँगूठी अब हमेशा उसकी अनामिका में रहती। उस राजमुद्रिका का भाग्य भी अद्भुत था। कभी दुष्यन्त की याद बनकर शकुन्तला की अँगुली में, कभी शकुन्तला की याद बनकर दुष्यन्त की अँगुली में। दुष्यन्त उस अँगूठी को देख कर सोचता–

"पता नहीं यह मुद्रिका हमारे प्रेम का सुन्दरतम अभिज्ञान है अथवा हमारे विरह की मूर्त अभिव्यक्ति।"

अँगूठी पर एकटक दृष्टि गड़ाए दुष्यन्त की आँखों में एक–एक कर अतीत के सारे दृश्य आते–जाते रहे। कभी उसे कण्व के आश्रम के लताकुंजों में सखियों से बतियाती पहली नजर वाली शकुन्तला याद हो आती। कभी 'अमृतकलश' वाली मौन, सकुचाती नमित नयनों वाली शकुन्तला उसके सामने आ खड़ी होती। वह भाव विभोर हो उठता किन्तु जैसे ही उसे राजदरबार में याचक बनी शकुन्तला याद हो आती तो वह पीड़ा से कराह उठता।

वह सोचता–"काश! यह अँगूठी पहले मिली होती।" पर दूसरे ही क्षण उसका मस्तिष्क उसकी उलझन दूर कर देता–"पहले मिलती भी तो कैसे? जिस दिन शकुन्तला हस्तिनापुर आयी थी, अँगूठी भी तो उसी दिन शक्रावतार तीर्थ में खो गयी थी।"

खोने और पाने के बीच के अन्तराल ने दुष्यन्त की दुनिया उजाड़ दी। अँगूठी मिल गयी पर शकुन्तला खो गयी। जिस दिन शकुन्तला मिली थी उस दिन अँगूठी खोयी हुई थी।

दुष्यन्त अपने विचारों में खोया था तभी उसका सारथि और मित्र माधव आ गया। उसने दुष्यन्त की दशा देखी तो उसे आखेट पर चलने के लिए बहुत अनुनय–विनय किया। आज दुष्यन्त ने बहुत दिनों के बाद स्वीकृति दे दी। आखेट के खेल में ही शकुन्तला उसे मिली थी इसलिए शकुन्तला की स्मृतियों को ताजा करने के लिए आज वह फिर आखेट पर निकल पड़ा।

एक रथ पर माधव के साथ दुष्यन्त और पीछे–पीछे उसके अश्वारोही अंगरक्षक आखेट के लिए अरण्य की ओर चले। पूर्वाह्ण का पहला प्रहर था।

दुष्यन्त का रथ हस्तिनापुर के राजमार्ग से निकल चला। राजमार्ग के किनारे खड़े पुरवासी आज अपने राजा को बहुत दिनों के बाद देख रहे थे। हाथ जोड़े नगरवासियों का अभिवादन स्वीकार करता दुष्यन्त मन ही मन कह रहा था– "अब भी मेरी प्रजा मुझे कितना प्रेम करती है।"

उसके मन में आशा का संचार हुआ। आज की अरण्ययात्रा उसे सार्थक प्रतीत हो रही थी। रथ हस्तिनापुर के सीमावर्ती अरण्य में प्रवेश कर गया था। वसन्त ऋतु की मादक सुरभि वातावरण में व्याप्त थी। वासन्ती पवन के झकोरों ने दुष्यन्त की वर्षों पुरानी स्मृति जगा दी। एक ऐसे ही वसन्त में आखेट को निकला दुष्यन्त अपनी शकुन्तला से जा मिला था–अनाघ्रात, अनाविद्ध, अनाविल और अनागस शकुन्तला से। कितना सुरभित कितना सुखमय था वसन्त। जीवन का वह वासन्ती रंग न जाने समय के किस आदेश से छिन गया। रंगहीन हो गया था जीवन। नीरस, नीरव और निस्तब्ध। दुष्यन्त सोचने लगा–"ईश्वर ने अपने कोष से कितना महार्घ और सुन्दर रत्न उसे उपहार में दिया किन्तु क्षणमात्र में उसे छीन भी लिया। इससे अच्छा तो देता ही न।"

राजा आखेट के लिए निकला तो था किन्तु उसने आज धनुष नहीं उठाया। उसके मन में न जाने क्या-क्या चल रहा था। उसने सारथि से कहा–

"माधव! क्या आज हम शक्रावतार तीर्थ चलें? पुण्यसलिला सरस्वती का दर्शन और अवगाहन भी?"

माधव ने पूछा –

"भला क्यों? हम तो आखेट के लिए आये हैं।"

"नहीं माधव! इन निरीह मृगशावकों के आखेट से भला क्या मिलता है?"

"आनन्द मिलता है महाराज। मनोरंजन हुआ करता है और राजा की युद्ध क्षमता सशक्त होती है।"

"मुझे तो लगता है माधव, इन्हीं मूक निरीह मृगशावकों के वध का दण्ड मुझे मिला है। जिस तरह मैंने उनका हृदय बींधकर उनके परिजनों को संतप्त किया है उसी तरह उन्होंने अपने बिलखते प्राणों की अदृश्य शक्ति से मेरे हृदय में व्यथा का तीक्ष्ण शल्य उतार दिया है। इन मृगों की छटपटाहट का अनुमान मुझे हो रहा है माधव! आज कोई आखेट नहीं। विचरने दो मृगों को–शान्ति, स्वतन्त्रता और आनन्द के साथ।"

रथ सरस्वती के किनारे पहुँच गया था। राजा ने नदी तीर की अप्रतिम प्राकृतिक छटा देखी तो अभिभूत हो उठा। वह रथ से उतरा और माधव के

साथ सरस्वती के तट पर बिखरी बालुकाराशि पर जाकर बैठ गया। मौन के एक लंबे अन्तराल के बाद माधव ने दुष्यन्त से कहा–

"महाराज! यहाँ से कहीं और चलें? आप यहाँ आकर फिर उन्हीं पुरानी स्मृतियों में डूब गये–उद्विग्नता की सरिता में, पीड़ा की नदी में, व्यथा की धारा में।"

"माधव! स्थान बदल जाने से मन की अवस्था नहीं बदल जाती। कहीं किसी भी स्थान पर चले जाओ, वहाँ तुम्हें अपना ही मन प्रतिबिम्बित दिखलाई पड़ेगा। दु:खी व्यक्ति को सुंदर-सी वाटिका में भी अपनी पीड़ा ही प्रतिबिम्बित प्रतीत होती है और सुखी व्यक्ति को नीरव अरण्य में भी अपने सुख की मधुर प्रतिध्वनि सुनाई पड़ती है। मैं क्या करूँ? मन अपने अधीन हो तब तो!

"कहीं और चलें महाराज।"

"चलो! इस नदी की धारा को देख मुझे भी ऊब सी हो रही है। इसी ने शकुन्तला को अपने पास बुलाया और अँगूठी छीन ली।"

"महाराज! इस पुण्यसलिला सरस्वती पर दोषारोपण! इसने तो प्यासी शकुन्तला के कण्ठ भिगोये होंगे, उसे तृप्त किया होगा। भला नदी किसी की अँगूठी क्यों छीन लेगी?"

महाराज! मनुष्य जब दुर्भाग्य से घिरा होता है तो उसे अपने आस-पास की सारी वस्तुएँ, सारा परिवेश ही दोषपूर्ण प्रतीत होता है। यह तो मनुष्य का स्वभाव है।"

"चलो, यहाँ से चलें।"

"महाराज यहाँ निकट ही महर्षि मारीच का आश्रम है। क्या महर्षि के दर्शनार्थ चलें? आपके उद्विग्न मन को शान्ति मिलेगी।"

"हाँ, हाँ तुमने मेरे मन की बात कह दी। चलो, ऋषिवर के दर्शन और आशीर्वाद से निश्चय ही मेरी पीड़ा दूर होगी।"

दुष्यन्त के बन्द भाग्य के द्वार हमेशा अरण्य में महर्षियों के आश्रम में खुले हैं। कुछ ही क्षणों में दुष्यन्त महर्षि मारीच के आश्रम के द्वार पर खड़ा था। आश्रम की संस्कृति के अनुकूल राजसी परिधान उतार कर उसने माधव को दे दिया और सामान्य नागरिक की वेशभूषा में पैदल आश्रम के भीतर प्रवेश किया।

आश्रम में भीतर जाने पर उसने देखा कि एक वृक्ष की छाया में कुछ मृग और सिंहों के शावक साथ-साथ खेल रहे हैं। उन्हीं सिंह शावकों के बीच एक पंचवर्षीय बालक भी क्रीड़ामग्न है। पास में दो युवतियाँ खड़ी हैं।

आज फिर दुष्यन्त की आँखों में कण्व के आश्रम की वर्षों पुरानी छवि खिंच आयी। उस दिन भी उसने देखा था कि लता कुंज में तीन युवतियाँ बातें कर रही थीं। आज भी तीन जने थे अन्तर केवल इतना था कि एक युवती के स्थान पर एक बालक था। दुष्यन्त निकट पहुँचा तो देखा बालक उसकी उपस्थिति से अप्रभावित, सिंह-शावकों से उलझ रहा था। वह एक सिंह का जबड़ा पकड़कर उसके मुँह खोलने का प्रयत्न कर रहा था–

"अरे! मुँह तो खोलो। मैं तुम्हारे दाँत गिनूँगा।"

दुष्यन्त ने देखा–यह तो बड़ा निडर और साहसी बालक है। उस बालक को देख दुष्यन्त के हृदय में स्नेह और आकर्षण उमड़ आया। वह समझ नहीं पाया कि यह बालक क्यों उसे अपनी ओर आकृष्ट कर रहा है? क्या उसका बालसुलभ चापल्य अथवा उसकी सुन्दर छवि? अथवा कुछ और? शकुन्तला को पहली बार देख दुष्यन्त का हृदय इसी तरह चंचल हो उठा था। वह सोचने लगा–

"शकुन्तला के वियोग में मेरा हृदय तो वर्षों से व्यग्र और उत्कण्ठित है किन्तु आज उसकी उत्कण्ठा; उसकी चंचलता का रंग-रूप कुछ और ही है।"

दुष्यन्त का हृदय उस बालक की छवि, उसके चंचल स्वभाव पर रीझ उठा। उसे गोद में लेकर दुलारने की इच्छा हो आयी। ईश्वर की रचनाओं में सम्बन्धों के अदृश्य तार इस तरह जुड़े होते हैं जिसे कोई भौतिक कारक प्रभावित नहीं करता, जिसे सामान्य दृष्टि देख नहीं पाती, सामान्य मस्तिष्क समझ नहीं पाता। दुष्यन्त उस अव्यक्त सम्बन्ध को समझ तो नहीं पा रहा था पर अपने हृदय के आदेश पर उसने बालक को गोद में उठाने की चेष्टा की। बालक ने हठ के साथ कहा–

"छोड़ो मुझे। मैं सिंह के दाँत गिन रहा हूँ।"

पास खड़ी मैत्रेयी और सुकन्या यह दृश्य देख रही थीं। वे निकट आयीं और बोलीं–"यह सर्वदमन बड़ा हठी बालक है। आश्रम के पशु पक्षियों को इसने व्याकुल बना रखा है।"

"नहीं नहीं बालक तो स्वभाव से ही चंचल हुआ करते हैं।" दुष्यन्त ने कहा।

"इसके स्वभाव में हठ अधिक है।" सुकन्या बोली।

"इसका नाम सर्वदमन है?" दुष्यन्त ने पूछा।

"जी" सुकन्या का उत्तर था।

"यह तो अपने नामानुरूप सबका दमन करता है।" कहकर दुष्यन्त ने बालक को गोद में उठा लिया और उसे पुचकारने लगा।

सर्वदमन ने उससे छूटने का प्रयास करते हुए कहा–

"कौन हो तुम? मुझे अपनी गोद में क्यों उठा लिया?"

गोद में आये सर्वदमन के हृदय की धड़कनें दुष्यन्त के हृदय से टकराईं। दुष्यन्त के हृदय ने मानो कहा–

"ले पहचान! यह तेरे ही हृदय का स्पन्दन है, ध्यान से सुन।"

दुष्यन्त की गोद से छूटने के प्रयास में बालक की कलाई पर बँधा रक्षासूत्र खुलकर जमीन पर जा गिरा। दुष्यन्त ने देखा तो उसे गोद से उतारकर भूमि पर गिरे रक्षासूत्र को उठाने को उद्यत हुआ। सुकन्या और मैत्रेयी तीव्र स्वर में चिल्लाईं–"ठहर जाइए। रुक जाइए। उसे मत उठाइए।" किन्तु तब तक दुष्यन्त रक्षासूत्र उठाकर सर्वदमन की कलाई पर बाँध चुका था। सुकन्या और मैत्रेयी और पास आ गयीं और विस्मित नेत्रों से दुष्यन्त को देखने लगीं।

दुष्यन्त ने कहा–"आप दोनों तो इस तरह चिल्लाईं जैसे कोई साँप मुझे डँसने वाला हो।"

हतप्रभ सुकन्या ने दुष्यन्त को गौर से देखा और बोली–"सचमुच साँप ने तो अभी डँस लिया होता पर..." सुकन्या की बात बीच में काटते हुए दुष्यन्त ने पूछा–"पर क्या?"

"क्या आप महाराज दुष्यन्त हैं?"

"हाँ, पर आपने कैसे पहचाना?"

"मैंने नहीं, इस रक्षासूत्र ने आपकी पहचान कराई है।"

"रक्षासूत्र ने? मैं समझा नहीं।"

"महाराज! यह अपराजिता नाम की औषधि महर्षि ने सर्वदमन की कलाई पर बाँध रखी है। इसके खुलकर गिर जाने पर इसे केवल इसकी माँ शकुन्तला या इसके पिता बाँध सकते हैं, अथवा स्वयं यह बालक इसे बाँध ले सकता है। इनके अतिरिक्त यदि कोई और इसे उठाये तो उसे यह साँप बनकर डँस लेता है।"

"क्या आपने ऐसा होते देखा है?" दुष्यन्त ने अपने पितृत्व के प्रमाण को और परिपुष्ट करने के लिए पूछा।

"जी, कई बार।" सुकन्या ने कहा।

दुष्यन्त के हर्ष का पार न था। वह सर्वदमन को अपनी गोद में उठाकर चूमने लगा। मन ही मन उसने कहा–

"कैसा संयोग है! फिर एक सुन्दरतम अभिज्ञान! मेरे और शकुन्तला के दाम्पत्य का सुन्दरतम अभिज्ञान। सर्वदमन। और इस सर्वदमन के पिता होने का

अभिज्ञान—यह रक्षासूत्र। इस रक्षासूत्र ने तो मेरे प्राणों की रक्षा की है।" कहकर दुष्यन्त ने सर्वदमन की कलाई पर बँधे रक्षासूत्र को चूम लिया। आज वर्षों बाद दुष्यन्त की शुष्क और म्लान हृदयवाटिका हरी हो चली थी। शकुन्तला तो उसे अभी तक नहीं मिली थी किन्तु उस तक पहुँचने का मार्ग मिल गया था।

इधर सुकन्या और मैत्रेयी यह वृत्तान्त सुनाने भागी-भागी शकुन्तला के निकट जा पहुँचीं। शकुन्तला चुपचाप अपनी कुटी के बाहर एक कुश के आसन पर बैठी नीले आकाश की ओर देख रही थी। शकुन्तला अब पहले वाली शकुन्तला न रही। माया और ब्रह्मज्ञान के उपदेशवाक्य सुन-सुन कर आश्रम में पली बढ़ी शकुन्तला जीवन के इतने अनुभवों के बाद अब ठीक-ठीक समझने लगी थी कि माया क्या है और ब्रह्म क्या? अब दुष्यन्त को लेकर उसके हृदय में वैसी उत्कण्ठा न रह गयी थी। सचमुच प्रेम का चित्रपट विश्वास के धागों से बुना जाता है। विश्वास के धागे टूटने लगें तो पट पर चित्रित प्रेम भी बिखर जाता है और एक बार बिखर चुका प्रेम फिर उस रूप में एकत्रित नहीं होता। दुष्यन्त को लेकर उसकी उत्कण्ठा केवल इसलिए थी कि उसके पुत्र को पिता का नाम मिल सके और उसके धवल अनाविल चरित्र पर लगा कलंक धुल जाये।

सुकन्या और मैत्रेयी को अपनी ओर आते देख शकुन्तला का ध्यान भंग हुआ। उत्कण्ठा से भरी सुकन्या के बोल नहीं निकल रहे थे—

"दीदी! दीदी!"

"हाँ, हाँ। क्या हुआ बोलो?"

"दीदी! क्या हुआ क्या कहूँ!"

सुकन्या की तो जैसे धौंकनी चल रही थी। घबराई शकुन्तला ने कहा—

"अरे बता भी, पहेलियाँ मत बुझा। मेरा हृदय घबरा रहा है। मेरा सर्वदमन कुशल से तो है?"

"हाँ दीदी! सर्वदमन सकुशल है।"

"फिर क्या हुआ जो इतनी व्यग्र हो तुम दोनों?"

"दीदी! समझ नहीं पा रही आपको किन शब्दों में कहूँ।"

"मैत्रेयी! तू ही बता इसे तो शब्द ही नहीं मिल रहे।"

"दीदी! आज आपका सौभाग्य चलकर आपके पास आया है। आपके द्वार पर!" सुकन्या और मैत्रेयी का समवेत स्वर था।

"क्या? सच!" सुकन्या और मैत्रेयी के हृदय की उत्कण्ठा अब शकुन्तला के हृदय में उतर आयी थी। "क्या महाराज दुष्यन्त आये हैं?"

"हाँ दीदी!"

उसी समय महर्षि मारीच भी वहाँ आ पहुँचे। उन्हें भी सारा वृत्तान्त ज्ञात हो चुका था। वे शकुन्तला से बोले–

"जाओ बेटी! आज कालचक्र की गति ने उस व्यक्ति को तुम्हारे चरणों में ला खड़ा किया है, कभी जिसके चरणों में तू याचना करने गयी थी।"

मारीच ने शकुन्तला को बतलाया कि पुनः उस नामांकित राजमुद्रिका के मिल जाने से दुष्यन्त को शकुन्तला से अपने विवाह की बात याद हो आयी है।

शकुन्तला को दुष्यन्त से प्रथम मिलन का दिवस याद हो आया; जब उसकी अनामिका में अँगूठी पहनाते हुए दुष्यन्त ने कहा था–"यह हमारे प्रेम का सुन्दरतम अभिज्ञान है।"

उस सुन्दरतम अभिज्ञान का रूप इतना भयावह होगा, शकुन्तला ने सोचा न था। वह विचारों में खो गयी–"क्या अँगूठी से ही शकुन्तला की पहचान होगी? अँगूठी के बिना तो मैं शकुन्तला न रह सकी। क्या प्रेम को अभिज्ञान की आवश्यकता है? प्रमाण की आवश्यकता है? नहीं नहीं। जिस क्षण प्रमाण की आवश्यकता हो आयी, प्रेम तो उसी क्षण विदा हो गया।"

जो मुद्रिका कभी विरह के क्षणों में शकुन्तला का सम्बल थी आज उसके नाम से भी उसे घृणा हो आयी। उसके हृदय में हर्ष, शंका और विषाद के मिश्रित भाव उमड़ रहे थे। उसका पति इस तरह याचक बने, यह उसे स्वीकार्य न था। हर्ष इस बात का था कि अन्ततः सत्य पर पड़ा आवरण तो हटा। इतने दिनों तक तप कर उसका चरित्र आज सोने की तरह दमक उठा है। वर्षों पुरानी लांछना धुल गयी है। उसे विचारमग्न देख मारीच भी मौन खड़े रहे।

इधर आश्रम के दूसरे पार्श्व में सर्वदमन के साथ शकुन्तला की प्रतीक्षा में खड़ा दुष्यन्त व्यग्र हो रहा था। शकुन्तला के आने में विलम्ब होता देख उसकी व्याकुलता बढ़ती जा रही थी। एक-एक क्षण का विलम्ब उसे पाँच वर्ष पहले किये अपने अन्यायपूर्ण कृत्यों की याद दिला रहा था। कितने व्यंग्यपूर्ण वचन कहे थे उसने शकुन्तला को। इतने तिरस्कार, इतनी लांछना के बाद कोई भी स्त्री क्यों क्षमा करे? वह विचारों में डूबा ही था कि सर्वदमन की आवाज से उसका ध्यान भंग हुआ। उसने देखा कि सर्वदमन जाकर जिससे लिपट गया है–वह एक क्षीणकाय, शुष्क पीत-म्लान लता-सी, दुर्बल निरवगुंठनवती स्त्री है। उसके मन ने उससे पूछा–

"पहचाना इसे दुष्यन्त? तेरी अनाघ्रात, अनाविद्ध, अनाविल और अनागस शकुन्तला ही तो है यह। नहीं पहचाना? दुष्यन्त! यदि तूने आज पहचान भी

लिया तो प्रमाणों के बल पर। अब उस पहचान का कोई मूल्य नहीं। एक छोटी सी निर्जीव मुद्रिका प्रेम के इस अप्रतिम प्रतिमान से बढ़कर हो गयी थी? जिसके अभाव में शकुन्तला शकुन्तला न रह गयी थी?"

एक ओर मारीच और अदिति तथा उनके बीच शकुन्तला खड़ी थी। उनके पार्श्व में सुकन्या और मैत्रेयी थी। सर्वदमन शकुन्तला का हाथ थामे विस्मित नेत्रों से सब को देख रहा था। उसे समझ में नहीं आ रहा था कि अचानक यह कौन-सी घटना हो गयी कि सब लोग इस तरह मौन खड़े हैं? मौन के लम्बे अन्तराल के बाद मारीच ने आगे बढ़कर दुष्यन्त से कहा—

"दुष्यन्त! यह शकुन्तला है। तुम्हारी अर्द्धांगिनी। कभी इसे ही तुमने भरी सभा में अस्वीकार कर दिया था।''

दुष्यन्त ने सामने खड़ी शकुन्तला को देखा। वेतसकुंजों वाली चहचहाती शकुन्तला, अमृतकलश वाली सकुचाती शकुन्तला, वामांगिनी शकुन्तला एक-एक कर सभी उसकी दृष्टि में आती गयी और अचानक सामने खड़ी शकुन्तला जब उसकी दृष्टि में आयी तो उसे अनुभव हुआ—कितना सौन्दर्यमय था अतीत और कितना म्लान है वर्तमान! उसे अब ज्ञात हुआ कि उसका अपराध कितना बड़ा है।

फिर एक मौन व्याप्त हो गया था। दुष्यन्त और शकुन्तला अब आँखों से ही एक-दूसरे को पढ़ लेना चाहते थे। सर्वदमन को यह मौन वार्तालाप नहीं भाया -उस ने अपनी माँ से लिपटते हुए पूछा—

"माँ! ये कौन हैं?"

"बेटा! अपने भाग्य से पूछ।"

शकुन्तला ने भर्राए स्वर में कहा। दुष्यन्त शकुन्तला के पैरों पर गिरने को हुआ तो शकुन्तला पीछे हट गयी—

"नहीं, आप ऐसा कुछ भी न करें, जिससे मुझे ग्लानि हो। आप याचक न बनें। प्रेम में कभी याचना नहीं की जाती महाराज! यह मैंने आपसे मिलने के प्रथम दिवस में भी कहा था और आज भी कह रही हूँ। याचना ही करनी पड़ जाये तो प्रेम कैसा?"

दुष्यन्त ने भर्राए स्वर में कहा—

"क्षमा शकुन्तले! क्षमा! इस अपराधी को क्षमादान दो।"

शकुन्तला बोली—

"महाराज! याचना, क्षमा ये सब तो औपचारिकताएँ हैं। और प्रेम में औपचारिकताएँ नहीं हुआ करतीं। आप मुझसे क्षमायाचना न करें।"

दुष्यन्त ने फिर कहा–

"जिस दिन यह मुद्रिका मेरे हाथ में आयी, मेरी खोयी स्मृति जैसे जाग उठी। मैं उसी दिन से तुम्हारे प्रति किये गये अपने अन्यायपूर्ण कृत्यों के कारण ग्लानि और पश्चात्ताप की ज्वाला में जल रहा हूँ। यही है वह राजमुद्रिका–हमारे प्रेम का सुन्दरतम अभिज्ञान। लो, आज इसे फिर धारण कर मुझे अपना लो।"

"महाराज! अब यह मुद्रिका आपकी अँगुली में ही रहे तो अच्छा है। मेरी अनामिका अनामिका ही रहे। इसे कोई नाम न दें। मुझे किसी अभिज्ञान की आवश्यकता नहीं। प्रेम अभिज्ञान नहीं ढूँढ़ता राजन्। प्रेम प्रमाण नहीं माँगता। और अपनाने की बात आप क्यों करते हैं? अपनाता तो वह है जो त्याग देता है। आज मैं आपको अपना सर्वस्व सौंपती हूँ। आपका यह पुत्र सर्वदमन। पुरुवंश का प्रदीप अब आपके संरक्षण में।"

इसी बीच मारीच बोल उठे–

"राजन् पुरुवंश का यह प्रदीप बड़े उज्ज्वल भाग्यलेख लेकर आया है। यह आर्यावर्त का चक्रवर्ती सम्राट् होगा। सम्पूर्ण प्रजा को आश्रय देने वाला, भरण पोषण करने वाला। आज से इसका नाम भरत होगा।"

शकुन्तला ने भरत का हाथ दुष्यन्त के हाथ में दे दिया। दुष्यन्त ने कहा–

"शकुन्तले! माना कि तुमने सर्वस्व सौंप दिया किन्तु मेरा सर्वस्व मुझे अब तक नहीं मिला है।"

"भाग्य को यही स्वीकार है महाराज! आर्यावर्त के कल्याणार्थ दैवादेश से भरत मेरे गर्भ में आया। आप इसके माध्यम बने। इस ईश्वरीय योजना को साकार करने से मेरी अनाघ्रातता खण्डित नहीं हुई। मैं तब भी अनाघ्रात थी अब आगे भी रहूँगी।''

"नहीं शकुन्तले! इतनी निर्दय न बनो। मुझे अपने आँसू पोंछने के अधिकार से वंचित न करो।"

"महाराज! आँसुओं ने भी मुझसे किनारा कर लिया। उनकी धारा तो कब की सूख चुकी, क्योंकि महाराज! मैं तो चकोरी बनी चन्द्रमा से बरसते अमृत की मृगतृषा में भटकती अंगारे ही खाती रही।"

"शकुन्तले! चन्द्रमा तो हमेशा कलंक लिए फिरता है। उसका कलंक आज तक नहीं धुला, किन्तु चकोरी की निर्निमेष दृष्टि से उसका कलंक भी स्पृहणीय बन जाता है।"

"महाराज! अंगार खाने के अभ्यस्त को जल जाने का और भय नहीं होता। इसीलिए अब अमृत नहीं भाता।"

"शकुन्तले! मुझे ज्ञात नहीं कि इस भयावह विस्मृति का हेतु क्या है? किन्तु, मुझसे घोर अपराध हुआ है, यह मैं स्वीकार करता हूँ। मुझे कोई और दण्ड दे दो किन्तु इतना कठोर दण्ड न दो।"

"महाराज! विस्मृति का हेतु अज्ञात थोड़े ही है। एक प्रस्तर जटित मुद्रिका ने मेरे अस्तित्व को छिन्न-भिन्न कर दिया। कदाचित् अँगूठी मेरे पास होती तो मैं विस्मृति और तिरस्कार के गर्त में नहीं गिरती। आश्चर्य तो यह है महाराज कि पत्थर की निष्प्राण अँगूठी आपको याद रही और हृदय हार जाने वाली शकुन्तला विस्मृत हो गयी! मेरे पिता ने मुझसे ठीक ही कहा था–

'राजकुल के ताने-बाने बड़े जटिल हुआ करते हैं।' इसमें आपका कोई दोष नहीं महाराज। राजकुल का स्वभाव ही ऐसा होता है। बहुत दूरी है महाराज! राजकुल और ऋषिकुल में। इन दोनों के मध्य मार्ग में ऐश्वर्य, अहंकार, प्रभुत्व और न जाने कौन-कौन से घनघोर वन खड़े हैं।

घनघोर वन्य प्रान्तर में आखेट करते राजा कितने ही मृगी-मृगों का शिकार किया करते हैं। भला उन सबको याद रखना सम्भव है क्या? आपको भी आखेट रुचिकर लगता है न महाराज!"

"विस्मृति! विस्मृति! विस्मृति! मैं हतबुद्धि अब करूँ भी क्या?" दुष्यन्त ने कहा। मौन शकुन्तला ने मन ही मन कहा–

"निर्जीव प्रस्तरजटित मुद्रिका ने ऐसी विस्मृति उत्पन्न कर दी! नहीं नहीं! यह कोई हेतु नहीं। और वैसे हेतु कुछ भी हो जब प्रेम एक बार बिखर जाता है तो फिर उस रूप में एकत्रित नहीं हो पाता।"

शकुन्तला को मौन देख दुष्यन्त ने फिर कहा–"शकुन्तले! ऐसे हृदयविदारक असहनीय वचन तो नहीं कहो। मैं किस तरह फिर तुम्हें अपना बना सकूँ, तुम ही बतलाओ।"

"राजन्! मैं तो जन्म से ही परित्यक्ता हूँ। मुझे इसका अभ्यास हो चुका। अब तक प्रकृति ने ही मुझे शरण दी है, भविष्य में भी देती रहेगी। महाराज! आपने ही तो अनाघ्रात का आभूषण मुझे दिया था न! अब उसे उतारिए मत।"

दुष्यन्त निरुत्तर हो गया। उसका अमृत कलश टूट गया था।

□□